KB089715

고베의 명랑

하이쿠와 사진으로 감상하는 백경

일러두기

- 일본 지명은 발음대로 국문 표기하고 일본어를 병기하였다.
- 행정단위 '県', '市', '町', '区', '丁目'은 국문(현, 시, 정, 구, 번가) 표기하되, 일부 '町'과 '丁目'은 각각 '마치', '쵸메'로 표기하였다.
- 인명은 발음 그대로 국문 표기하되, 일본인은 일본어, 제3국 인물은 영어를 각각 병기하였다.
- 사건, 기관, 시설의 명칭과 주요 용어는 국문 표기를 원칙으로 하고, 일부 경우 일어 또는 영어를 병기하였다.
- 고유명사와 일반명사가 조합된 명칭은 일본어로 표기하되, 일부는 일반명사를 국문으로 표기하였다.
- 일본어 'つ'와 'ッ'는 '쓰'로 표기하였다.
- 도서 단행본 제목은 『 』로, 노래, 시, 그림, 조각, 영화 등 작품 제목은 「 」로 묶었다.
- 인용된 평문은 〈 〉로, 인용된 하이쿠俳句와 와카和歌는 〈 / / 〉로 묶었으며, 하이쿠의 경우 일어 원문을 병기하였다.
- 본문에 수록된 하이쿠(국문, 일본어)는 자작했으며, 사진은 삼성스마트폰 GalaxyS9로 직접 촬영하였다.

고베의 명랑

하 이 쿠 와   사 진 으 로   감 상 하 는   백 경

글 · 사진 **박기준**

책과나무

21세기 '이진異人'의 고베 발라드

− 현직 외교관의 하이쿠 여행 −

일본 근대의 시작과 더불어 1868년 개항한 항구 도시 고베. 당시 외국인 거류지가 조성되는 등 한때는 동양 최대의 국제 무역항이었다. 한반도와는 고대부터 교류 창구였고 조선 통신사들은 이곳에서 배를 내렸다. 또한 일제 강점기에는 조국을 떠난 많은 한국인들이 삶을 일구었던 곳이기도 하다. 하지만 역사적으로나 문화적으로 우리와 깊은 연관이 있는 이 도시에 대한 우리의 성찰은 그동안 표면적인 것에 멈춰 있었다.

이 가을, 21세기의 '이진異人' 박기준 대사의 발길을 따라 봄 여름 가을 겨울의 고베 곳곳을 함께 걸으며, 글과 사진, 하이 쿠로 펼쳐 낸 이 도시를 들여다보는 것은 낯설고도 신선한 즐

거움이었다. 박 대사는 2018년부터 2021년까지 주고베총영사를 지냈으며 현재는 주파키스탄대사로 일하고 있다.

이 책을 관통하는 동력은 다른 문화에 대한 호기심과 따뜻한 시선, 그리고 그것들을 섬세하고 유려하게 펼쳐 낸 저자의 손길이다. 다정한 호기심과 깊은 사유를 통해 엮어 내는 이 도시의 풍경과 역사와 전설, 그리고 지금을 살고 있는 사람들의 이야기는 독자에게 삽상한 감상의 묘미를 선사한다. 단순히 '외교관이니까'라는 말로 정리할 수 없는 깊은 애정의 결과물이다.

더욱이 저자는 일본 하이쿠 문학의 완성자로 꼽히는 마쓰오 바쇼(1644~1694)가 그토록 소원했던 어느 경지("보는 것 모두 꽃이 아닌 것이 없으며 생각하는 것 모두 달이 아닌 것이 없다")에 버금가는 열정을 이 책에서 보여 주고 있는 듯하다.

가는 봄이여

내 시는 이번에도

역시나 낙선

行く春や我が句はやはり選ばれず

6

주고베총영사로 근무하는 틈틈이 하이쿠 창작을 익히고 〈고베신문문예〉에 도전했으나 매번 고배를 마신 경험을 솔직하게 표현한 이 작품에서는 저자의 고베에 대한 사랑과 하이쿠 열정이 전해진다.

저자 스스로는 이방인, 이른바 '이진'으로서 일본 감성을 체득하기는 어려웠다고 한다. 그렇지만 어떤 나라의 자연과 일상에서 특별한 감흥을 느끼고 그들의 전통 음률로 시를 짓는 것만큼 그 나라의 문화를 깊게 이해하고 체득할 수 있는 길이 어디에 또 있을까.

그는 머물러 있지 않다. 낭만적 유미주의자로서 그리고 노마드로서 고베를 걸으며 보고 느끼고 기록한 그의 사유와 언어들이 이토록 '명랑'하였으니, 올여름에 부임한 이슬라마바드는 어떤 풍경일까? 또 다른 '이진異人'으로서 엮어 낼 그의 다음 이야기가 벌써부터 기대된다.

2023년 늦가을
김정례 전남대학교 일어일문학과 교수

2018년 10월 16일 '고베神戶'의 첫 밤은 차분하고 아늑했다. 한밤중 뱃고동 소리에 잠이 깼다. 바다가 가까웠고, 이곳에 살던 '이진異人'의 삶과 꿈이 궁금했다. 문득 이 낯선 도시를 깊이 들여다보고, 훗날 누군가에게 '고베 이야기'를 호기롭게 들려주고 싶은 충동이 일었다. 내 발길은 도시 곳곳으로 향했다. 단순한 호기심이 인문학적 관찰로, 가벼운 산책이 진지한 탐방으로 이어졌다. 2021년 12월 12일 후도자카를 떠나던 날, 수많은 풍경과 이야기가 내 안에서 웅성거리며 메아리쳤다.

여정의 순간을 기록했다. 철 따라 피고 지는 꽃과 구름을 나만의 시선과 가슴으로 보고 느끼려고 했다. 인상적인 광경은 스마트폰으로 찍고, 때때로 이는 감흥은 일본 문학 장르인 '하이쿠俳句'로 적었다. 그리고 소개나 감상의 글을 더했다. 한 편씩 써 온 글이 계절별로 25편씩 총 100편이 쌓였다. 조각 글을 한데 모으자 '모자이크' 그림이 완성되었다. '고베의 명랑', 고베는 다채로운 자연 속에 멋스러운 사람들이 깃들어 사는 곳이었다.

명랑하구나

사계절 짜나가는

꽃들의 고향

朗らかに四季を織りなす華の里

    이 책이 고베를 이해하는 데 도움이 되길 바란다. 치기 어린 작업의 결과물이 책이 되도록 도와주신 전남대 김정례 교수님과 '책과나무' 여러분께 감사드린다. 탐방에서 만난 현지 사람들, 나그네 발길을 허락해 준 길과 마을, 마주하던 풍광들, 영감을 주던 풀꽃들에도 감사를 표한다.

봄 : 시냇물에 흐르는 꽃의 뗏목

여름 : 삼나무 숲에서 우는 두견새

가을 : 파도를 물들이는 보랏빛 달

겨울 : 노천탕에 내려앉는 눈송이

서시

나지막이 반짝이는 언덕들의 열주

이진異人들이 남쪽 바다로

창을 내어 살던 곳

올리브 잎새 봄볕에 윙크하고

오뉴월 길목마다 수국의 얼굴

시월 하늘엔 금목서 은목서의 앙상블

수선화 향기 겨울 파도에 설레는

꽃들의 고향 찾아올 땐

가장 멋진 모자를 쓰고 오세요

롯코六甲의 뭇바람 세토瀨戸의 갯바람

우아한 왈츠를 추고

지붕 위 풍향계에서 철새 쉬어 가는 땅

뱃고동 소리에 깨어나는

꿈의 나그네여!

노을빛 와인에 재즈 숨결 깃들고

네온 숲으로 쓸쓸한 별빛 모여드는

달의 뒤편에선, 그리운

그대 영혼 내내 거닐고 있을 거예요

명랑한 고베

봄 : 　시냇물에

　　　　흐르는

　　　　꽃의 뗏목

1. 기타노자카

– 명랑한 언덕길 –

　1868년 고베 개항 이후 '이진들異人たち'은 남쪽 세토나이카이瀬戸内海 바다가 내려다보이는 롯코산六甲山 비탈에서 살았다. 이 지역에 기타노자카北野坂, 헌터자카ハンター坂, 도아 로드トアロード 등 4개의 언덕길이 있으며, 각 길은 그들의 일터

가 있는 구거류지川居留地로 연결되었다. '기타노자카'는 산노미야역에서 이진칸도리異人館通り까지 750미터 이어진 언덕길이다. 2021년 4월 11일 아침 상쾌한 공기가 흐르는 오르막 끝에 도도쿠산堂德山이 연초록 잎으로 덮여 있었다. 이진들은 언덕길을 오르며 그들의 고향으로 열린 바다 쪽을 자주 돌아보곤 했으리라.

몇 번이고

바다 쪽 돌아보네

활짝 웃는 산

幾たびも海を見回し山笑ふ

기타노자카는 '명랑한 언덕'이다. 나지막이 기운 언덕길이 햇살을 받아 빛난다. 오르막은 완만해 가뿐하게 걸을 수 있다. 길 양옆으로 카페, 레스토랑, 화랑, 옷가게 등 깔끔한 가게들이 늘어서 있다. 정오쯤 거리는 화사한 빛으로 가득 찼다. 'Bistrot Cafe de Paris' 앞에서 악사가 가로등에 기대어 선 채 아코디언을 연주했다. 「케 세라 세라Que Sera, Sera」의 흥겨운 멜로디가 가벼운 공기에 섞여 떠다녔다.

봄다움이여

언덕에 울려 퍼지는

아코디언 소리

春めくや坂にどよめく手風琴

기타노자카는 '꽃피는 언덕'이다. 양쪽 보행자로 돌 화분에 튤립チューリップ, 금잔화金盞花, 팬지パンジー, 앵초桜草, 금어초金魚草 등 10여 종의 봄꽃이 옹기종기 피어 있었다. 늦은 오후 언덕길에는 내려오는 사람이 오르는 사람보다 많았다. 이진칸 관람을 마친 이들이 귀갓길에 오를 시간대였다. 꽃구경하며 내려가는 사람들의 발걸음이 경쾌했다. 금잔화가 짙은

노랑을 뽐냈다. 꽃 사이로 베이지색 코트의 여인이 보였다. 돌
화분은 계절별로 꽃이 바뀐다.

언덕 내리막

발걸음의 가뿐함

금잔화 피어

坂下る足の軽さや金盞花

매년 봄 기타노자카를 꽃 그림으로 장식하는 '고베 인피오
라타Kobe Infiorata'가 열린다. 인피오라타는 13세기 이탈리아
에서 '그리스도의 성체축일' 길에 꽃을 뿌린 데서 유래했으며,

젠차노Genzano 시가 매년 개최한다. 고베시가 이를 벤치마킹하여 한신아와지 대지진의 상처를 치유하고 도시를 아름답게 가꾸자는 취지에서 1997년부터 인피오라타를 실시하고 있다. 2019년 4월 27일 일본의 신 연호 '레이와令和' 발표를 앞두고 언덕길 바닥이 형형색색 꽃잎으로 뒤덮였다.

꽃길 위로

첫걸음을 내딛는

레이와 시대

花道に一歩踏み出す令和かな

2. 이진칸①

- 지붕 위의 풍향계와 범고래 -

　이진이 살던 집은 주로 콜로니얼 양식의 목조 양관洋館으로 '이진칸異人館'이라고 불린다. 이진칸은 한창때 200여 채에 달했으나, 현재 30여 채가 남아 있다. 이진들은 바다 쪽인 남향으로 창을 내었다. 배가 도착하고 떠나는 항구 쪽으로. 가장 널리 알려진 이진칸은 기타노마치 광장 앞 '가자미도리노칸風見鷄の館'이다. 1909년 지어진 이 건물은 독일 무역상 고트프리트 토마스Gottfried Thomas(1871~1950)의 저택이었다. 지붕에 솟은 닭 형상 '풍향계'는 중세 독일의 거리 풍경을 연상시킨다. 풍향계는 이제 고베의 풍경을 나타내는 상징이 되었으며, 도로 표식, 맨홀, 각종 기념품의 디자인으로 사용된다. 토마스 가족은 2층 창가에서 망원경으로 고베항을 살피곤 했다.

이진의 집

항구 바라보아도

고향은 멀리

<ruby>異<rt>い</rt></ruby><ruby>人<rt>じん</rt></ruby>の<ruby>戸<rt>と</rt></ruby><ruby>港<rt>みなと</rt></ruby>を<ruby>見<rt>み</rt></ruby>ても<ruby>里<rt>さと</rt></ruby><ruby>遠<rt>とお</rt></ruby>し

2021년 4월 29일 '기타노덴만신사北野天満神社'에 올랐다. 배전拝殿 앞 경내에서 바로 아래쪽으로 가자미도리노칸이 입체적으로 보였다. 첨탑과 3개의 굴뚝이 균형감 있게 배치되어 있었다. 풍향계의 수려한 닭 모양도 또렷했다. 까마귀가 풍향계 주변을 날다가 첨탑에 내려앉아 쉬었다. 풍향계 너머 산노미야 건물과 고베포트타워가 서 있고, 바다와 배도 어렴풋이

보였다. 홀연 '동풍東風'이 불어왔다. 남쪽을 향했던 닭 머리가 순간 서쪽으로 방향을 틀었다. 완연한 봄이었다.

동풍이 불어

서쪽으로 방향을 트네

풍향계의 닭

東風吹いて西に捻るや風見鶏

야마모토도리山本通와 헌터자카ハンター坂가 교차하는 지점에 '슈에케 저택シュウエケ邸, Choueke House'이 있다. 1896년 지어진 저택은 맞배지붕 처마 끝에 '샤치호코鯱鉾'라 불리는

범고래 장식이 특징이다. 샤치호코는 원래 일본의 사원이나 성곽에 설치하는 장식으로 저택이 화양和洋 절충임을 말해 준다. 범고래는 빨간 벽돌로 된 서양풍 굴뚝과 함께 하늘로 솟아 있었다. 범고래는 꼬리지느러미를 치켜세우고 금방 헤엄쳐 나갈 태세였다. 파란 하늘에서 갯내가 풍겨왔다. 저택에 전시된 200여 점의 '우키요에浮世絵'를 보고 싶었으나, 비공개 상태였다.

범고래여

갯내 풍겨오는

봄날 하늘

鯱や潮の匂わす春の空

야마모토도리는 '이진칸도리異人館通り' 별칭이 있다. 4월 30일 오후 산책하다가 '후루이치古市치과병원' 앞 작은 화단에서 걸음을 멈췄다. 화단은 마가렛marguerite을 주종으로 꽃꽂이를 한 것처럼 데이지雛菊, 창포菖蒲, 원추리忘れ草 등 꽃이 풍성했다. 민트 빛 줄무늬 나비가 정신없이 날아다녔다. 거미蜘蛛 한 마리가 꽃과 꽃 사이에 집을 짓고 곤한 잠에 빠졌다. 꽃이 지기 전에 거미는 이사 가야 하리라.

하얀 데이지

꽃과 꽃 사이에

지은 거미집

雛菊の花の間に張る蜘蛛の巣よ

3. 이진칸②

− 꽃비에 젖는 집−

이진칸의 백미는 1889년 지어진 '구川헌터 주택ハンター一住
宅'이다. 이는 영국 실업가 에드워드 헤즐렛 헌터Edward Hazlett
Hunter(1843~1917)가 살던 주택으로, 원래 기타노정 3쵸메에
있었으나 보존을 위해 1963년 오지王子동물원으로 통째 이전

되었다. 2021년 4월 4일 보슬비 내리는 날 주택은 벗나무가 늘어선 산책길 끝에 있었다. 길바닥에 연분홍 꽃잎이 깔려 있었다. 꽃이 반쯤 지고 어린잎 돋은 가지 사이로 3층 양관이 수줍은 듯 자태를 드러냈다. 연둣빛 외관이 품격을 지녔으며, 마름모꼴 창이 동화적 정취를 자아냈다.

꽃이 지고
이파리 속 숨은 집
연한 연둣빛

花は葉に隠れる宿や薄浅葱

지금도 헌터 부부가 살고 있을 것 같은 집 안으로 들어갔다. 1층 현관 벽면에 헌터와 그의 부인 '히라노 아이코平野愛子'의 초상화가 나란히 걸려 있었다. 헌터는 콧수염을 기른 모습이고, 아이코는 일본 전통 의상 차림이었다. 2층에는 침실 3실과 거실 1실이 있고 베란다가 복도 기능을 겸했다. 걸음을 옮길 때마다 마룻바닥이 삐걱거렸다. 창문 너머 바깥을 내다보았다. 부부가 자주 바라보았을 바다와 구거류지는 보이지 않고, 비를 맞고 있는 벗나무가 보였다. 그 위로 관람차가 느리게 회전하고 있었다.

이진이 살던 집

창문 너머

꽃에 비 내리네

ハンターの家の窓越や花の雨

5월 어느 날 헌터가 아이코와 함께 말년을 보낸 '기타노헌터 영빈관'으로 갔다. 영빈관은 주변 양관으로 둘러싸인 일본 가옥으로 담장의 둥근 뚫림 창에 헌터의 이니셜 'H'자 모양 철제 장식이 설치되어 있다. 푸른 담쟁이가 줄기 끝을 뻗어 이니셜 가까이 다가가고 있었다. 창 안쪽으로 '아이코사쿠라愛子桜'로 불리는 키 큰 벚나무가 보였다. 헌터는 '이방인'이었으나 '고베

진神戸人'으로 살았다. 그는 고베의 발전에 기여했고 기타노정 '헌터자카ハンター坂'에 이름을 남겼으며, 고베 외국인 묘지에 평온하게 잠들어 있다.

초록 담쟁이

이방인의 이름

가까이 다가가네

青蔦や壁の異人の名に近く

4. 이쿠타가와

– 벚꽃 배웅 속에 흐르는 하천 –

 '이쿠타가와生田川'는 고베 도심을 동서로 경계 짓는 하천이다. 북쪽 롯코산계六甲山系에서 발원하여 남쪽 고베항까지 1.8킬로미터를 흐른다. 원래 이쿠타가와는 현재의 '플라워 로드' 자리에 뻗어 있었는데, 1871년 외국인 거류지에 수해가 예상

되어 그 흐름을 동쪽으로 옮겼다. 2020년 4월 10일 하천은 밋밋한 직선으로 인공적인 느낌이었다. 천변에 벚꽃이 한창이었다. 바람이 불 때마다 꽃잎이 하천 위로 떨어졌다. 물은 바닥이 보일 정도로 적었으나, 양쪽에 늘어선 꽃나무의 배웅을 받으며 바다로 흘러갔다.

흘러가는 저

시냇물 배웅하는

벚꽃이구나

<ruby>川水<rt>かわみず</rt></ruby>の<ruby>流<rt>なが</rt></ruby>れ<ruby>見送<rt>みおく</rt></ruby>る<ruby>桜<rt>さくら</rt></ruby>かな

신고베에키에서 해안까지 천변에 공원이 조성되어 있다. 신고베역 바로 아래쪽 인공수로 내벽에 「백룡희수百龍嬉水」 제목의 대리석 부조 작품이 붙어 있다. 열 마리 넘는 용이 물살을 거슬러 오르려는 듯 역동적인 모습이다. 하천은 롯코산 깊은 곳에서 발원한 누노비키타키의 폭포물이 내려와 흐름을 이룬다. 용들은 승천을 위해 하천을 거슬러 폭포를 향해 가려는 것 같다. 이는 고베시와 텐진시天津市 간의 우호 도시교류 20주년 기념으로 설치되었다.

봄날 강이여

용이 용틀임하며

거슬러 오르네

春川や竜は曲がって遡る

5. 산노미야에키

– 철길에 내려앉는 봄빛 –

　고베에서 모든 길은 '산노미야三宮'로 통한다. '산노미야에키三宮驛'에서 JR, 한큐阪急, 한신阪新, 포트라이너, 지하철 등 6개 노선의 열차가 정차한다. 어느 봄날 아침 7시경 JR산노미야에키로 갔다. 열차마다 사람들이 쏟아져 나오고 빨려 들어갔다. 고동색의 한큐고베혼센 '통근급행通勤急行' 열차가 오사카 방면으로 달려가고 있었다. 가방을 멘 남자가 봄빛 내려앉은 철길과 나란히 걸어갔다. 역 앞 '고베 산키타아모레 광장神戸さんきたアモーレ広場'에 조각가 오오나리 히로시大成浩의 작품 「바람의 표식 No.45」가 있다. 작품 하단에 〈사람은 바람이 되어 여행하네. 사람은 바람의 가운데서 결정結晶을 맺고 내일의 이정표一里塚가 되네.〉라고 적혀 있다.

봄빛 튕기는

철길이여

오늘의 이정표

春光の線路や今日の一里塚

'고베 산노미야한큐에키' 청사는 2021년 4월 재개관했다. 29층 신청사는 120미터 높이로 한신아와지 대지진 때 파손되어 철거된 구청사의 큰 '아치 유리창'을 그대로 재현했다. 오랜 세월 역을 지나며 아치창과 친숙해졌을 시민의 '기억'을 배려하기 위해서. 건너편에서 보면 서쪽에서 달려오는 열차는 아치에서 나오는 듯하고, 서쪽으로 달려가는 열차는 아치 안으로 들어가는 것처럼 보인다. 화창한 봄날 청사 반대쪽에서 아치창을 바라보았다. 사람들이 건널목을 바삐 건너다니고, 갯내 머금은 바람이 함께 건너고 있었다.

빛나는 바람

갯내를 머금었네

산노미야

光る風に海の匂や三ノ宮

많은 고베 사람이 열차로 통근한다. 저녁 7시경 열차가 산노미야에키에 정차했다가, '산피아자サンピアザ' 상점가 위 고

가 철로를 달리고 있었다. 고가 아래 상점들이 불을 밝히고 사람들이 지나다녔다. 낮의 분주함과 활기가 아직 남아 있었다. 덜컹거리는 객차 안에서는 사람들이 의자에 기댄 채 피로를 풀고, 더러는 꾸벅꾸벅 졸고 있으리라. 귤빛 창으로 기운 사람의 실루엣이 설핏 비쳤다. 나른한 봄밤이었다.

깜빡 졸다가

역을 지나쳐 버렸네

봄날 해질녘

居眠りで駅の過しや春の暮

6. 플라워 로드

– 차량과 옷깃이 스치는 꽃잎 –

　고베 어디에서나 꽃을 만날 수 있다. 꽃의 거리, '플라워 로드フラワーロード'는 이쿠타가와 상류에서 시청 앞 꽃시계까지 2.6킬로미터에 달한다. 도로 양편과 중앙분리대 화분의 꽃이 철 따라 바뀌며 거리를 장식한다. 이 길에서 '고베마쓰리神戸まつり' 등 주요 축제도 열린다. 2020년 5월 5일 플라워 로드는 봄과 초여름 꽃이 한창이었다. 셀 수 없이 많은 모양과 빛깔의 꽃이 늘어선 길을 걸었다. 익숙한 것보다 처음 보는 것이 훨씬 많았다. 눈길이 가는 꽃은 스마트폰 웹으로 이름을 확인했다. 고수香菜, 캘리포니아양귀비, 만수국萬壽菊……

아는 꽃보다

낯선 꽃이 더 많네

플라워 로드

馴染みより不馴の多くフラワーロード

플라워 로드는 고베 도심 '산노미야'를 종단하는 간선 도로다. 길 양옆으로 시청, 국제회관, 한큐백화점, 고베마루이神戸マルイ 등 빌딩이 줄지어 서 있고 사람과 차량의 흐름이 많다. 고베마루이 앞 화단을 보니 밝은 꽃이 풍성하게 모여 있었다. 가늘고 긴 꽃대 끝에 매달린 빨간 '양귀비罌粟'가 도드라졌다. 앞 도로에서 차량이 꽃잎과 옷깃 스칠 정도로 가까이서 달렸다. 그때마다 얇은 꽃잎이 흔들렸다.

차량이 옷깃

스치며 지나가네

양귀비 꽃잎

車両のすれ違ひけり罌粟の花

밤이 되면 플라워 로드에 '기둥형' 가로등이 노란 불을 밝힌다. 고베에 처음 도착했던 날 밤 나를 반겨준 것도 이 가로등이었다. 차량이 플라워 로드 남단으로 진입하자 길가에 늘어선 가로등이 따스한 불빛으로 맞아 주었다. 도열병의 환영을 받는 기분이었다. 이후 나는 가끔 집에서부터 꽃시계까지 가로등을 따라서 걷곤 했다.

가로등과

어깨동무하고 걷는

봄밤이구나

街灯と肩組んで歩く春夜かな

7. 고베재즈스트릿

– 빗물처럼 스미는 선율 –

고베는 일본 재즈의 발상지다. 1923년 일본 최초의 재즈밴드 '이이다 이치로&러핑 스타즈井田一郎&ラッフィング・スターズ'가 고베에서 결성되었고, 야마테山手 지역을 중심으로 재즈가 유행했다. 전성기에 비해 줄었으나 지금도 기타노자카에 여러 라이브하우스가 성업 중이다. 기타노쵸 광장에서 나카야마테도리中山手通까지 언덕길이 '고베재즈스트릿KOBE JAZZ STREET'으로 지정되어 있고, 매년 5월 재즈 페스티벌도 열린다. 2021년 5월 5일 광장 계단 '재즈맨Jazzman'이 하늘을 향해 볼을 힘껏 부풀리며 트럼펫을 불고 있었다. '모에기노야카타萌黃の館' 앞에는 색소폰을 연주하는 재즈맨 동상이, 광장 한편에는 플루트를 연주하는 소녀상이 각각 설치되어 있다.

봄날 하늘에

재즈맨의 볼

한껏 부풀어 오르네

春天にジャズマンの頬膨れけり

어느 봄날 저녁 1969년 오픈한 라이브하우스 'SONE'를 찾았다. 오렌지빛 조명이 흐린 홀에 다인용 테이블 대여섯 개, 2~3인용 테이블 십여 개가 놓여 있고, 무대가 객석과 바로 붙어 있었다. 피아노, 트럼펫, 색소폰, 첼로, 드럼 등 5개 악기로 구성된 밴드가 공연했다. 처음 연주곡으로 시작했다가, 흰 드레스의 여가수가 노래를 불렀다. 관객은 재즈 리듬에 몸을 맡

기고 와인, 소주 등을 홀짝였다. 찰리 채플린Charles Chaplin의
「Smile」, 에릭 클랩튼Eric Clapton의 「Change the world」등 익
숙한 노래도 불렀다. 들뜬 공기가 떠다녔다. 노을빛 와인에 감
미로운 선율이 스미고, 술잔 속 얼음이 녹아내렸다.

　밖으로 나오자 봄비가 내렸다. 비는 가로수와 간판, 길과 차
량을 적셨다. 보도步道 바닥의 'KOBE JAZZ STREET' 표식 동
판에 빗물이 고여 반짝였다. 하우스 창가에서 음악 소리가 가
느다랗게 새어 나왔다. 거리에서는 가로등, 네온사인, 차량 등
의 불빛이 현란한 파동을 일으키고, 재즈의 숨결이 빗물에 섞
여 사물 속으로 스며들었다.

봄비여

재즈 선율 스미는

밤거리 불빛

春雨やジャズの滲みるる街明り

8. 소라쿠엔

– 봄물소리에 귀를 씻네 –

'소라쿠엔相樂園'은 고베 도심에 있어서 간편하게 산책할 수 있다. 이곳에 지천회유식池泉回遊式 정원 외에도 고데라小寺 마구간, 핫삼Hassam 주택, 후나야카타船屋形 등 중요문화재와 수령 500년의 녹나무楠 등이 어우러져 있다. 2020년 5월 24일 오전 공원은 한적했다. 먼저 '스이킨쿠쓰水琴窟'라고 불리는 '물 거문고'로 갔다. 이는 땅속 물방울의 반향음을 듣는 장치로 일본 정원 구성 요소의 하나다. 고데라케小寺家 문양 기와에 물을 붓고 대나무 통에 귀를 댔다. 땅속에서 물소리가 통을 타고 올라와 고막을 울렸다. 청아한 소리가 귀를 씻어 주었다.

물 거문고여

귀 맑게 씻고 듣는

봄 물소리

竹筒や耳を澄して春の水

　이어서 심산유곡深山幽谷을 압축해 놓은 일본 정원을 돌아
보고 철쭉 정원으로 갔다. 더위가 느껴지는 늦봄, 철쭉이 아직
붉음을 간직하고 있었다. 정원을 내려다보니 발아래로 정돈된
나무들, 연못과 산책길이 한눈에 들어왔다. 그 너머 빌딩군群
이 정원을 에워쌌다. 도시 속에 얌전히 앉아 있는 자태를 지닌
소라쿠엔은 '봄 철쭉, 가을 국화'로 유명하다.

정원 안쪽

들여다보는 빌딩

철쭉이 피어

庭の奥見下ろすビルやつつじ咲く

　나는 '하이쿠'에 담긴 자연과 사물에서 얻은 감각, 사유와 감성이 좋았다. '마쓰오 바쇼松尾芭蕉(1644~1694)'의 작품을 읽고, '나쓰이 이쓰키夏井いつき' 선생의 TV 프로그램을 보며 하이쿠를 공부했다. 그해 봄 '고베신문문예'에 도전했으나 연거푸 낙선했다. 이방인이 '일본 감성'을 체득하기는 어려웠다. 5월 말 철쭉이 시들며 봄이 떠나갔다. 쇼와昭和 시대 술과 방랑

의 하이진俳人 '산토카山頭火(1882~1940)'는 〈모두 거짓말이었
다며 봄은 달아나 버렸다みんな嘘にして春は逃げてしまった〉라
고 읊었다.

가는 봄이여

내 시는 이번에도

역시나 낙선

行く春や我が句はやはり選ばれず

9. 도토야미치

– 동백꽃 피는 피쉬 로드 –

'도토야미치魚屋道'는 '피쉬 로드fish road'다. 실크나 차茶가 아니라 '생선'을 나르던 길. 에도江戸 시대 상인은 신선한 생선을 '아리마有馬'까지 운반하기 위해 롯코산을 넘었다. 그들은 새벽에 세토나이카이에서 잡은 정어리, 농어, 가자미 등 생선 상자를 짊어지고 후카에深江 항구를 출발, 모리이나리신사森稲荷神社에서 참배하고 밤새 12킬로미터의 산길을 주파했다. 2020년 4월 11일 신사를 지나자 가파른 등산로가 나왔다. 곧 다리가 후들거렸다. 여기저기 진달래, 산딸기꽃 등 봄꽃이 피어 있었다. 수풀 무성한 구간으로 들어서자, 낙엽 깔린 바닥에 동백꽃이 흩어져 있었다. 붉은 꽃잎과 노란 수술이 아직 싱그러웠다. 생선 비린내 풍기던 산길에 꽃향기가 그윽했다.

생선 나르던

산길 위에 떨어진

동백꽃일까나

魚屋の山路に落つる椿かな

2시간 남짓 산을 오르자 '가제후키이와風吹岩'가 나왔다. 등산객이 바위에서 쉬고 있었다. 바위 너머 한 시간가량 더 가면 롯코산 정상이 나온다. 다시 북쪽을 향해 한두 시간 내려가면 생선의 목적지 아리마에 당도한다. 구름이 바위를 넘어가고 있었다. 에도 시대 바위에서 땀 닦으며 쉬어 갔을 상인의 모습이 그려졌다. 그들은 조금이라도 더 싱싱한 생선을 위해 길을

재촉했으리라. 아리마 선술집에서는 주당酒黨들이 신선한 안
주를 애타게 기다리고, 생선은 좋은 값을 받았으리라.

온천 마을엔

생선을 기다리는

술이 있으리

湯の町に魚待つ酒ありぬべし

10. 포트 아일랜드

– 산이 바다로 가다! –

　고베는 전후 경제 성장기 항만 화물량과 도시적 수요 증가에 직면했다. 답은 '바다'에 있었다. '산, 바다로 가다山,海へ行く' 구호 아래 다카쿠라산高倉山 흙으로 바다를 메우는 공사가 1966년부터 1981년까지 진행되었다. 인공섬 '포트 아일랜드

Port Island, ポートアイランド'는 그렇게 탄생했다. 2020년 3월 22일 '포트라이너ポートフォトライナー'를 타고 섬으로 갔다. 스카이브릿지sky bridge에서 내려다보니 오사카만 바다에서 화물선이 섬 동쪽 부두를 빈번히 드나들었다. 물류가 활발했다. 부둣가에 도열한 컨테이너 설비 '간토리크레인ガントリークレーン'은 귀향을 위해 줄지어 서 있는 학을 연상시켰다.

포트 아일랜드 남쪽에 추가로 만든 섬이 '고베 공항'이다. 공항 4층 전망대에서 보니, 바다 위 뱃길과 땅 위 활주로가 나란히 있었다. 바다에서는 화물선이 떠가고 활주로에서는 여객기가 이착륙했다. 서로 스칠 듯 가까이 지나다녔다.

봄 바다에

스칠 듯 지나가네

배와 비행기

<ruby>春<rt>はるうみ</rt></ruby>海に <ruby>触<rt>ふ</rt></ruby>り <ruby>合<rt>あ</rt></ruby>ふ <ruby>船<rt>ふね</rt></ruby>と <ruby>飛行機<rt>ひこうき</rt></ruby>ぞ

5월 9일 공항 서쪽 '니시로쿠치西錄地'의 넓은 노지露地는 온통 마른 갈대였다. 바람이 불 때마다 누런 갈대가 일제히 한쪽으로 누웠다가 일어섰다. 그 너머 비행기가 굉음을 내며 뜨고 내렸다. 갈대밭에서 새소리가 들려왔다. 활주로에 내려앉는 여객기를 보고 있는데, 일본어로 '요시키리ヨシキリ'인 '개개비'가 불쑥 날아올랐다.

58

새가 숨어있던 자리에서는 '갈대의 싹蘆の角'이 돋고 있으리라.

개개비 새여

뾰족뾰족 돋아나는

갈대의 싹

葦切やつんつんと出る蘆の角

11. 스마데라

– 피리 부는 무사 –

'스마데라須磨寺'는 886년 건립된 일본 진언종 고찰이다. 이 절은 헤이안平安 시대 겐지源氏와 헤이케平家 간의 패권 다툼인 '겐페이 캇센源平合戰'의 무대였다. 경내에 당시 이야기를 간직한 유물이 많은데, 그중 '아오바후에青葉笛'라 불리는 '피리'가 있다. 겐지의 구마가이 나오미熊谷直実(1141~1208)에게 참수당한 헤이케의 다이라노 아쓰모리平敦盛(1169~1184)의 시신에서 피리가 나왔다. 아쓰모리는 '피리 부는 무사'였다. 슬픈 이야기는 사람을 끈다. 여러 문객이 피리를 보러 왔다. 바쇼는 〈스마데라여/ 불지 않는 피리를 듣는/ 나무 아래 어둠須磨寺やふかぬ笛きく木下闇〉이라고 읊었다. 2020년 4월 25일 스마데라보물관, 주인 잃은 피리가 유리 상자 안에 고이 모셔져 있었다. 검은 바람구멍이 슬픈 눈빛처럼 나를 응시했다. 밖으로 나오니 부드러운 바람이 뺨을 스쳐 지나갔다.

봄바람이여

주인 잃은 피리의

검은 바람구멍

<ruby>春<rt>はる</rt></ruby><ruby>風<rt>かぜ</rt></ruby>や<ruby>主<rt>ぬし</rt></ruby>なき<ruby>笛<rt>ふえ</rt></ruby>の<ruby>黒<rt>くろ</rt></ruby>き<ruby>穴<rt>あな</rt></ruby>

많은 가인이 스마데라를 찾아와 시를 지었다. 경내에 단가 短歌와 하이쿠를 새긴 24개의 '석비石碑'가 세워져 있다. 화창한 봄날 석비를 하나씩 찾아보았다. '류스이테이流水庭'에 있는 커다란 석비에 금방 흘러내릴 것 같은 글씨체로 시가 새겨져 있었다. 주변에는 모란, 철쭉 등 색색의 꽃이 피어 있었다. 애써 읽어 보았으나 도무지 읽히지 않았다. 짙은 녹색 석비 아래 작고 귀여운 '패랭이撫子'가 보였다. 패랭이는 4월경부터 핀다.

패랭이꽃

뜻 모를 시비 아래

피어 있네

撫子や知れなき詩碑の下に咲く

12. 이치노타니

– 운명적 결투의 계곡 –

고베 '이치노타니一ノ谷'는 지명에서부터 비장함이 느껴진다. 이 작은 계곡은 겐페이 캇센의 승패를 가른 전투 현장이다. 1184년 '이치노타니노타타가이一ノ谷の戦い' 전투에서 겐지가 승리하고 헤이케는 패했다. 이 전투에 두 번의 극적인 장면이 있다. 장면 하나, 겐지의 미나모토노 요시쓰네源義経(1159~1189)가 기마대 70기를 이끌고 언덕에서 뛰어내린다. 그리곤 헤이케 진영을 급습해 승세를 잡는다. 기상천외한 전법 '사카오토시逆落し'의 흔적이 이치노타니 공원 남쪽 축대 주변에 남아 있다. 2020년 4월 18일 좁고 가파른 골짜기에 잡풀이 무성하고, 말발굽이 내달렸던 비탈에 연보랏빛 일일초가 아무렇게나 피어 있었다.

말 뛰어내리던

흔적에 피어난

연한 일일초

逆落し跡に咲きたる日日艸

장면 둘, 전투 후반 겐지의 나오미와 헤이케의 아쓰모리, 두 무장은 스마 해안에서 최후의 결투를 벌였다. 이는 스마데라 '겐페이정원源平の庭'에 생생하게 재현되어 있다. 4월 25일 정원 한쪽, 나오미는 아쓰모리를 불러 세우고, 아쓰모리는 말머리를 돌린다. 아쓰모리의 말발굽 밑에 소용돌이가 인다. 나오미는 아쓰모리를 제압한 후 그의 투구를 벗긴다. 그러자 나타난 아들뻘 미소년의 얼굴, 나오미는 멈칫하다가 눈물을 머금고 그를 참수한다. 이후 나오미는 생의 비애를 느껴 출가한다. 이 이야기는 헤이케의 흥망을 노래한 『헤이케모노가타리平家物語り』에서 가장 슬픈 장면으로 꼽힌다.

두 필의 말

발굽 밑에

일어나는 소용돌이

二頭馬の蹄の下や渦の巻き

13. 스마의 아리와라노 유키히라

- 옛 시인의 고독 달래기 -

헤이안 시대 궁정시인 '아리와라노 유키히라在原行平 (818~893)'는 천황의 미움을 사서 스마須磨에서 귀양을 살았다. 그는 〈혹시 누가 내 처지를 묻거든/ 스마 포구에서 해초에 떨어지는 바닷물처럼/ 눈물 흘리며 쓸쓸하게 지내고 있다고 전해 주오〉라고 읊어, '스마의 쓸쓸함'의 원조가 되었다. 고독을 달랜 방식은 음악이었다. 그는 포구에 표류해 온 선박 목재로 '스마거문고須磨琴'로 불리는 '이치겐킨一弦琴'을 만들어 연주했다. 단 한 줄로 된 악기는 손가락 누르는 힘으로 음높이를 조절하며 음색이 소박하다. 2020년 4월 25일 스마데라에서 이치겐킨 실물을 보았다. 한 줄이 울리던 곡조는 어땠을까? 앞바다에 외줄 수평선이 아슴푸레 흔들렸다.

봄날 파도

바라보며 탔을까

한 줄 거문고

<ruby>春<rt>はる</rt></ruby><ruby>波<rt>なみ</rt></ruby>を<ruby>見<rt>み</rt></ruby>ながら<ruby>弾<rt>ひ</rt></ruby>くか<ruby>一弦琴<rt>いちげんきん</rt></ruby>

또 하나의 방식은 사랑이었다. 유키히라는 스마의 해녀 마쓰카제松風, 무라사메村雨 자매와 사귀었다. 그들의 사랑 이야기는 노能 명곡 「마쓰카제」의 주제가 되었다. 마쓰카제는 유키히라가 교토로 떠나자, 〈눈물이 흐르는/ 삼도천에 흐트러지는/ 사랑 깊어서/ 건널 수가 없다〉라며 이별의 아픔을 노래했다. 시인과 해녀의 사랑이 궁금했다. 4월 18일 자매가 수면에

얼굴을 비추며 화장을 했다고 전해 오는 '거울우물鏡の井'을 찾아갔다. 주택가 샛길에 있는 우물은 찾는 이 없이 초라했다. 자매의 기쁨과 슬픔이 어리곤 했을 우물 안에는 비를 머금은 구름이 잠겨 있고, 꽃잎 몇 개 떠 있었다.

봄의 우수여

고운 얼굴 비추던

우물에 비구름

春愁や小顔の井戸に雨の雲

14. 다키노차야에키

– 수평선과 나란히 달리는 열차 –

고베 산요덴테쓰혼센山陽電鉄本線은 바다 쪽보다 산 쪽 가까이 달린다. 해안 쪽을 달리는 JR보다 높은 위치에서 창밖 풍경을 감상할 수 있다. '다키노차야에키滝の茶屋駅'는 다루미垂水에 있는 작은 역이다. '폭포의 찻집 역'이란 근사한 이름에 끌려, 2020년 3월 7일 아침 산요덴테쓰를 타고 역에서 내렸다. 플랫폼에서 남쪽으로 확 트인 바다가 보였다. 다루미 포구 앞을 지나는 배들, 아카시대교와 아와지시마가 한눈에 들어왔다. 열차는 봄빛 어리는 철로 위를 달리다가 사라졌다. 레일, 전선, 수평선 모두 하나의 소실점을 향해 달렸다. 파도가 역 쪽으로 밀려왔다.

봄 빛깔이여

열차 레일 위에도

수평선에도

春色やレールの上に水平線に

에도 시대 이곳에 절벽에서 바다로 바로 떨어지는 폭포가 있었다. 현재 폭포는 없고 '시라가와白川'가 철길 아래로 가늘게 흐른다. '시고쿠가이도西国街道'의 옛 산요山陽 길에 많았다는 찻집도 보이지 않았다. 그 이름과 흥취의 여운만 남았을 뿐. 역사驛舍 앞에 서서 폭포와 찻집이 있는 풍경을 상상했다. 이제 폭포가 흐르던 곳에 열차가 달리고, 차향이 날리던 길에 원두로 커피를 뽑는 카페가 바다를 향해 서 있다.

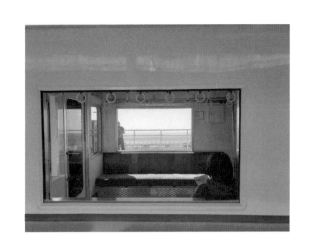

폭포 물 떠서

차를 끓였으리라

그 옛날 찻집

滝水をむすんで沸し昔茶屋

15. 다루미

– 해녀가 소금 굽던 갯마을 –

　　고베 '다루미垂水' 지명은 '떨어지는 물'이란 뜻으로 고대 와
카和歌에서 유래했다. 2020년 3월 8일 다루미와 시오야塩屋
중간에 있는 히라이소료쿠치平磯緑地의 '만요가히노미치万葉
歌碑の道'를 걸었다. 이곳에 『만엽집』에 실린 다루미와 연관 있
는 와카를 새긴 노래비 6개가 서 있다. 비를 하나씩 읽어 보았
다. 작자 미상의 한 와카는 〈무사를 기원하며/ 바위틈에서 솟
구쳐/ 떨어지는 물을/ 손으로 떠서 마셨네〉라고 읊었다. 노래
에는 고사리蕨, 해녀海女의 소금굽기塩焼, 등나무 덩굴 섬유로
짠 옷인 '후지고로모藤衣' 등 옛날 스마의 자연과 생활이 엿보
이는 사물이 많다.

등나무 덩굴 옷

해녀가 소금 굽던

다루미

ふじころも　あま　しおや　たるみ
藤衣の海女の塩焼く垂水かな

　다루미에 7세기 후반 엮어진 『만엽집』보다 오래된 유적이
있다. '고시키쓰카 고분五色塚古墳'은 4세기 말에 만들어졌다.
부슬비 내리는 고분은 관람객이 없이 조용했다. 고시키야마五
色山에 조성된 고분은 둘레 194미터, 높이 18.8미터로 꽤 큰
규모다. 역사와 규모에 비해 잘 알려지지 않은 것 같았다. 고
분 상단부 가장자리에 그릇과 원통 모양의 토용土俑 '하니와埴

輪'가 줄지어 있었다. 멀리서 보니 왕관 형상이었다. 흐린 구름이 고분 위에 비를 뿌리며 바다 쪽으로 흘러갔다.

옛 무덤이여

질그릇에 고이는

봄비

古塚や埴輪の溜まる春時雨

옛날부터 아카시明石와 함께 어업이 발달한 다루미 어항은 '새벽 경매朝競り'가 아니라 '낮 경매昼競り'를 한다. 팔딱거리는 생물을 놓고 수신호를 주고받는 장면을 보고 싶어서, 2020

년 3월 14일 낮 12시 어항을 찾았다. 딸랑딸랑 종소리에 사람들이 모여들었다. 그런데 경매는 도매상, 식당주 등 회원만이 참가할 수 있었다. 이맘때면 빛깔 고운 '사쿠라다이桜鯛'가 나왔을 텐데 아쉽게도 먼발치서 경매장 한쪽을 구경해야만 했다.

어깨너머

가까스로 보았네

도미의 얼굴

肩越しにわずかに見しや桜鯛

16. 아카시 해협 대교

– 솔개 날고, 물고기 노는 –

　'아카시 해협 대교明石海峽大橋'는 고베의 서쪽 해안 풍경을 좌우하는 구조물이다. 혼슈와 시코쿠四国를 연결하는 길이 3,911미터의 대교는 중앙 교각 간 거리 1,991미터의 현수교다. 2021년 5월 29일 육지 쪽 아카시와 섬 쪽 아와지시마淡

路島를 연결하는 대교를 보기 위해 '아와지 하이웨이 오아시스 Awaji Highway Oasis'로 갔다. 오아시스 광장 하늘 높이 솔개들이 느리게 날고 있었다. 가끔 여객기가 비행운을 그으며 날아다녔다. 그 아래 웅장한 규모와 수려한 구조의 대교가 시원하게 뻗어 있었다.

봄날 하늘
선회하는 솔개 옆에
이는 비행운

<ruby>春<rt>はるそら</rt></ruby>空や<ruby>鳶<rt>とび</rt></ruby>の<ruby>輪<rt>わ</rt></ruby>に<ruby>生<rt>う</rt></ruby>む<ruby>飛行雲<rt>ひこううん</rt></ruby>

　대교는 1988년 착공하여 1998년 완공되었다. 1995년 한신 아와지 대지진 때 중앙 교각 간 거리가 원래 설계보다 80센티미터 벌어졌다. 효고현일한친선협회의 안내를 받아 298미터의 '주탑主塔'에 올라갔다. 주탑 꼭대기에 서니 아카시와 고베 쪽 전경이 발아래 들어왔다. 창공에 흰 구름이 느리게 움직이고, 아래로는 짙푸른 물살이 유유히 흐르고 있었다. 대교 아래는 수심이 깊고 조류 흐름이 좋아 물고기가 많다. 수온이 상승하는 늦봄, 물속에는 전갱이와 고등어 같은 등 푸른 생선 치어 떼가 헤엄치고 있으리라.

다리 아래는

수많은 물고기 길

여름 가까워

<ruby>橋<rt>はしもと</rt></ruby>下に<ruby>万<rt>まん</rt></ruby>の<ruby>漁道<rt>ぎょどう</rt></ruby>が<ruby>夏近<rt>なつちか</rt></ruby>し

　6월 어느 날 이른 아침 아카시항에서 배를 타고 바다 한가운데로 나갔다. 검푸른 바다에 안개가 짙었다. 아와지시마가 뿌옇고 어선도 어슴푸레했다. 구름에 번졌던 노을이 걷히고 있었다. 수평선에 걸쳐진 대교가 신비감을 자아냈다. 주탑 2개의 윤곽이 희미할 뿐 멋들어지게 휘어진 케이블은 보이지 않았다. 케이블은 육중한 교각을 지탱하기 위해 철사 36,830줄을 꽈서 만들었다.

현수교를

통째 지워 버리네

바다 안개

懸橋を消し去る海の霞かな

17. 아카시죠

– 봄을 기쁘게 하는 성곽 –

'아카시죠明石城'는 일본 최초의 세계문화유산 '히메지성姬路城'을 능가하는 규모였다. 에도 막부의 '서국다이묘西国大名' 감시 정책에 따라 1619년 지어진 성은 1873년 폐성령廢城令 이후 대부분 파괴되었다. 현재 히쓰지사루야구라坤櫓와 다

쓰츠미야구라巽櫓 2개의 망루와 이를 연결하는 성벽만이 남아 있다. 2019년 건성建城 400주년을 맞이했다. 3월 23일 남서쪽 히쓰지사루야구라가 천수각天守閣 역할을 대신하고 있었다. 상공에서 까마귀들이 범고래 주변을 어지러이 맴돌았다.

봄날 구름에

나는 까마귀

범고래 노리는가

春雲のカラスは鯱を狙ひかな

망루에 올라서니, 남동쪽으로 시내 전경이, 남서쪽으로 하리마나다 바다가 보였다. 성곽 아래 공원에서 와타이코和太鼓 등 축하 공연이 진행되고, 사람들이 모여서 봄날을 즐겼다. 북소리가 성벽을 넘어 하늘로 울려 퍼졌다. 성의 별칭 '기순죠喜春城'는 '봄을 기쁘게 하는 성곽'이란 뜻이다. 효고현은 성 유적이 1,000개가 넘고, 그중 국가지정사적이 22개나 되는 '성대국城大國'이다.

북소리 울려

기쁘게 하는구나

성곽의 봄

太鼓打て喜ばしけり城の春

18. 아카시하마노산포미치

– 붉은바다거북의 모래밭 –

'아카시하마노산포미치明石浜の散歩道'는 아카시가와明石川 서안에서 에이게시마江井ヶ島 해안까지 이어진 해변 산책로다. 7킬로미터의 산책로는 직선과 곡선 구간이 자연스럽게 연결된다. 2020년 4월 29일 산포미치 초입 바닷가는 한가로웠

다. 테트라포드 근처 작은 배에서 어부가 김 양식 작업을 하고
있었다. 해변에서는 조개껍데기가 잔잔한 파도 소리를 듣고
있었다.

봄의 포구여

파도 소리를 듣는

조개껍데기

<ruby>春<rt>はるうら</rt>浦</ruby>や<ruby>波<rt>なみ</rt></ruby>の<ruby>音<rt>おと</rt>聞<rt>き</rt></ruby>く<ruby>貝<rt>かい</rt></ruby>の<ruby>殻<rt>がら</rt></ruby>

산포미치 근해에 '김 양식장海苔漁場'이 넓게 펼쳐져 있다.
육지 쪽 비탈 높이 올라가 내려다보았다. 푸른 바다에 양식장

부표浮き들이 점점이 떠 있고, 그 사이를 작은 김 작업선海苔船이 분주히 오가는 모습이 장관이었다. 해안에서는 사람들이 조깅, 사이클링, 공놀이와 캠핑 등을 즐겼다. 멀리 수평선과 섬들이 뜨거운 정오 햇살을 튕겨내고 있었다.

봄 바다의

너비를 재고 있나

김 양식 부표

春海の幅を測るか海苔の浮

산포미치에는 '붉은바다거북アカウミガメ' 산란장이 있다. 6~8월 깊은 밤 아카시 앞바다에 접근한 거북은 불빛이 적은 백사장에 상륙하여 산란하고, 다시 바다로 되돌아간다. 이 해안에서 1986년부터 2017년까지 총 17번 산란이 목격되었다. '야기노八木の 해안' 거북이 보호 표지판 옆에 두 사람이 간이 의자에서 바다 풍경을 즐기고 있었다. 모래를 한 줌 쥐어 보니 온기가 느껴졌다. 손가락 사이로 빠져나가는 고운 입자를 보는데, 거북이가 산란 후 지느러미로 힘겹게 모래를 쓸어 덮는 모습이 떠올랐다.

모래 해변의

거북이 생각하는

봄날

砂浜の亀跡思ふ春日かな

19. 도키노미치

– 큰 시계 얼굴 –

'도키노미치時の道', '시간의 길'은 아카시의 도심 회유로다. 일본의 표준시를 정하는 동경 135도 자오선이 아카시에 있는 것을 모티브로 했다. 코스는 아카시 공원에서 시작하여 시립 문화박물관, 우에노마루上の丸교회, 혼마쓰지本松寺, 거북이의 물亀の水 등 시간의 의미를 간직한 명소를 거쳐 천문과학관天文科学館에서 끝난다. 2020년 3월 15일 일요일 아침 '우에노마루교회' 정면 흰 벽에 해시계가 붙어 있고, 박공지붕 위로 종루鍾樓가 있었다. 교회는 1906년 미국 선교사 쿠퍼가 세웠다. 교직자가 들어와 차를 마시라고 권했으나 사양하고 기다렸다. 9시 30분 종소리가 맑게 울렸다. 안내판에 〈종소리를 들으며 신의 시간을 알리는 소릴 들으시오!〉라고 적혀 있었다. 사람들이 예배를 보러 모여들었다.

종소리 울리네

해시계 반짝이는

봄날 아침

鐘の音や日時計光る春の朝

　이어서 '거북이의 물'에서 300여 년이 된 '장수의 물'을 맛보고, 천문과학관으로 갔다. 1960년 세워진 과학관 건물은 높이 54미터의 시계탑으로, 일본 표준시를 가리키며 아카시쵸와 함께 아카시의 랜드마크다. 탑은 위엄 있는 거인 같고, 시계인 상층부는 얼굴 같았다. '큰 시계 얼굴'이란 별명을 붙여 주었다. 큰 시계 얼굴이 도시를 지긋이 내려다보았다. 6시 40분 노을이 번지자 시계에 불이 켜졌다. 공중에서 비행기가 비행운을 그리다가 사라지고, 지상에선 우메다梅田행 열차가 도심을 가로질러 갔다. 6시 44분 시가지 창窓에 불이 켜졌다. 세상이 포근한 밤의 품속으로 잠기고 있었다.

봄날 초저녁

노을 속에 눈뜨는

큰 시계 얼굴

しゅんしょう ゆうひ   さ   おお とけい
春 宵 や夕日に覚める大時計

20. 신마이코 갯벌

− 바다가 잊어버린 파도 −

효고현 '신마이코新舞子 갯벌'은 늦봄부터 초여름까지 조개 잡이 하러 사람이 몰려든다. 하리마나다播磨灘 바다에 접한 갯 벌은 동서 1킬로미터로 간조 시 폭이 500여 미터에 달한다. 갯벌 조개잡이를 일본어로 '시오히가리潮干狩'라고 한다. 2020

년 6월 20일 오후 4시 넓은 갯벌에서 사람들이 대합과 맛조개를 캐고 있었다. 하늘과 바다, 갯벌과 사람이 한데 어우러졌다. 사람들이 조개를 찾아 물웅덩이 사이를 누비고 다녔다.

물웅덩이에 비치는

일가 그림자

갯벌 조개잡이

みず み いっか かげ しおひがり
水に見る一家の影や潮干狩

갯벌 '물웅덩이'는 일본어로 '시오히노나고리潮干の名殘'다. 글자 그대로 번역하면 '썰물의 아쉬움'. 파도를 의인화했다. 썰물 때 바다로 가지 못하고 뭍에 남겨져서 붙여진 것 같다. 바닥에 물결무늬 선명하고 군데군데 조개 숨구멍이 보였다. 간조 시 바위 주변에 생긴 물웅덩이를 일본어로 '와스레시오忘れ潮'라고 한다. '잊어버린 파도'란 뜻. 바다의 입장에서는 맞는 말이다. 밑동 드러난 바위 옆에서 한 부자父子가 조개를 캐고 있었다.

대합조개

숨 쉬는 집 보이네

썰물 뒤 갯벌

蛤 の息吹の見える干潟かな

바위 밑동은

짙은 밤색

간조 후 갯벌 웅덩이

岩本に栗色深し忘れ潮

92

오후 5시경 밀물이 시작되었다. 사람들이 하나둘 뭍으로 빠져나왔다. 진흙 위 수많은 발자국이 하나씩 지워졌다. 개별 웅덩이로 존재했던 '썰물의 아쉬움'이 서로 연결되었다. 일본어 어법으로 말하면, 이제 파도의 '아쉬움'이 해소되고, 바다는 '잊었던' 파도를 되찾은 것이다. 갯벌이 서서히 물속에 잠겼다. 손에 닿을 듯 가까웠던 '이에시마家島'도 점점 멀어져 갔다.

이에시마도

몸 맡기고 흘러가네

봄 파도

いえじま まか なが はる しお
家島も任せて流れ春の汐

21. 가코가와제방 꽃길

– 끝없는 벚꽃 회랑 –

효고현에 170킬로미터에 달하는 '벚꽃 회랑'이 있다. 바로 '후루사토사쿠라즈쓰미회랑ふるさと桜づつみ回廊'으로, 남쪽 무코가와武庫川에서 시작하여, 사사야마가와篠山川와 가코가와加古川를 거쳐 마루야마가와円山川를 통해 동해에 닿는다.

벚꽃의 대장정이다. 2020년 4월 2일 단바의 '가코가와제방사
쿠라加古川堤防の桜'에는 벚꽃이 강줄기를 따라 끝 간 데 없이
피어 있었다.

벚꽃 구름이여

강물 흐름

끝나는 곳까지

花の雲川の流れの終わる迄

　제방 벚나무는 5킬로미터에 걸쳐 1,000여 그루가 심겨 있
다. 가끔 강가에서 두루미가 날아다닐 뿐 한적했다. 벚꽃 만개

한 나무 아래 자전거를 탄 사람이 나타났다. 그는 페달을 천천히 밟으며 꽃그늘 속으로 사라져 갔다. 구름은 능선 따라 강물은 꽃길 따라 흘러갔다. 멀리 소실점으로 이어진 꽃들이 아련하게 빛났다. 도시의 하나미花見가 정겹다면, 회랑의 하나미는 몽환적이었다.

나무 아래

사라져 가는 사람아

아련한 벚꽃

木の下に消えゆく人や花朧

강물 위에 모여서 흘러가는 벚꽃을 일본어로 '하나이카다花筏'라고 한다. 이는 '꽃의 뗏목'이란 뜻. 2019년 4월 7일 기노사키城崎 오타니가와大谷川 강변을 거닐다가 '뗏목'을 만났다. 바람에 연분홍 꽃잎이 와르르 떨어져 휘날리다가 강물에 떨어져 흘러갔다. 물막이 구간에는 꽃잎이 수면을 가릴 정도로 쌓였다. 그 옆에 벚나무 그림자가 아스라이 흔들렸다.

나무에서 한 번

강물에서 또 한 번

피는 벚꽃

木に一度川に二度咲く 桜 かな

나무 그림자는

떠나보내는 아쉬움

꽃의 뗏목

木の影は送る名残や花筏

98

22. 사사야마 가스가노

- 부채로 부르는 연가 -

효고현 사사야마시篠山市 가스가신사春日神社에서 매년 4월 '가스가노春日能'를 공연한다. 2021년 4월 10일 사사야마에 일찍 도착해서 성 아랫마을인 '조카마치城下町'를 산책했다. 온화한 봄바람이 불었다. 옛 정취를 간직한 목조 건물들이 레스토랑, 잡화점, 옷가게 등 상가를 이루었다. '단바쿠리丹波栗'로 불리는 밤을 구워 파는 가게도 보였다. 옛 거리에서 기모노着物 차림 여성 2명이 얘기를 나누며 걷고 있었다. 허리춤에 '오타이코お太鼓' 묶은 뒷모습이 고아古雅했다. 그녀들도 노 공연을 보러 가는 길이리라.

꽃바람 맞으며

노 공연 보러 가는

기모노 차림

花風に能を観に行く着物かな

신사로 들어서니 마당 우측에 고풍스러운 목조 노무대能舞台가 나왔다. 1861년 건립된 무대 정면에 노能의 상징 '노송老松' 그림이 보였다. 프로그램은 「한죠班女」, 「우카이鵜飼」 2편. 「한죠」는 남녀 간의 사랑, 「우카이」는 가마우지 어부의 죽음이 주제다. 먼저 「한죠」가 상연되었다. 등장인물 '시테仕手'의 동작과 장면의 흐름으로 스토리를 대충 짐작했다. 벚나무 2그루가 무대 앞으로 가지를 드리웠다. 한 그루는 꽃술만 남아 자줏빛이고, 또 한그루는 꽃이 반쯤 남아 있었다. 바람이 불 때마다 꽃잎이 우르르 떨어져 무대 앞 허공을 날아다녔다. 꽃이 중요한 무대 장치였다. 가끔 극의 정조情調를 대변하듯 휘날렸다. 피리, 소고, 대고, 북 등 '시뵤시四拍子' 연주가 분위기를 고조시키기도 하고 가라앉히기도 했다.

여배우 얼굴

벚나무 꽃술과

똑같은 빛깔

小面は桜の蕊と同じ色

줄거리는 이랬다. 요시다吉田의 소장少將과 유녀遊女 한죠는 하룻밤 정이 들어 '부채'를 나눠 가지며 재회를 약속한다. 이후 소장은 오지 않고, 그녀는 부채만 보며 지낸다. 소위 '가을부채秋扇'의 세월이 흐른다. 우여곡절 끝에 둘은 재회하고 서로 부채를 보여 주며 사랑을 확인한다. 부채가 사랑의 징표다. 여주인공의 애절한 대사와 느린 춤이 극 전반을 이끌었다. 부채 동작이 연기의 핵심 같았다. 여주인공이 부채로 얼굴을 가렸다가 드러내기를 반복했다. 해피 엔딩인데 슬프게 느껴졌다. 노의 예술적 독창성을 알 수 있었다. 연기, 음악, 무용 등의 퍼포먼스와 바람, 꽃 등 자연이 일체가 된 정경은 가장 '일본적'인 것이었다.

꽃 그림자여

부채 안쪽 깊숙이

숨겨진 얼굴

花影や扇の裏に隠れ顔

23. 아와지시마 하나사지키

– 벌처럼 꽃을 탐하네 –

아와지시마 북부 언덕의 '하나사지키淡路花栈敷'는 '꽃의 관람석'이란 뜻. 이곳에 아카시 해협과 오사카만大阪湾을 배경으로 꽃밭이 드넓게 펼쳐져 있다. 봄에는 유채꽃과 양귀비, 여름에는 해바라기, 가을에는 블루사루비아 등 계절별 테마 꽃이 바뀐다. 2020년 3월 20일 춘분, 100만 송이 유채꽃이 경사면에 융단처럼 깔려 있었다. 눈 시리게 파란 하늘엔 구름도 한 송이 꽃인 양 피어났다. '요사 부손与謝蕪村(1716~1784)'은 1774년 '마야산摩耶山'의 유채꽃 군락지를 보고, 〈유채꽃이여/ 달은 농쪽에 뜨고/ 해는 서쪽에菜の花や月は東に日は西に〉라며 꽃으로 천체를 품는 명구를 남겼다. 화가이기도 했던 부손의 하이쿠는 곧 한 폭의 그림이다.

춘분이여

하늘 높이 피어난

구름 한 조각

春分や空に咲きたる雲一つ

　언덕 아래 바다에 김 양식장이 펼쳐지고, 수평선 위로 오사
카 스카이라인이 가물가물했다. 그 위로 하늘이 눈부셨다. 노
랑, 쪽빛과 파랑이 층위를 이루며 선연한 콘트라스트를 만들
었다. 잔잔한 수면에는 배들이 한가로이 떠 있었다. 사람들이
꽃밭을 순례했다. 멋진 포즈로 사진을 찍고 깔깔대며 행복해
했다. 멀리서 보니 꿀벌이 이 꽃 저 꽃으로 옮겨 다니는 모습
을 닮았다.

유채꽃밭

순례하는 사람들

꿀벌의 모습

菜の花に人々蜂の姿かな

24. 쇼도시마와 데시마

– 올리브나무 사이로 –

'쇼도시마小豆島'는 세토나이카이에서 아와지시마 다음으로 큰 섬이다. 가가와현香川県에 속하는 섬은 온화한 기후 덕분에 '올리브'가 잘 자라고, 간장, 소면 등의 산업이 발달했다. 올리브는 100년 전부터 재배가 시작되어 현재 일본 최대 생산지다. 2019년 4월 26일 다카마쓰高松에서 페리를 타고 도노쇼항土庄吼港에 내렸다. 엔카 가수 '이시가와 사유리石川さゆり'가 「하토바시구레波止場しぐれ」에서 겨울비 정취를 노래했던 항구다. 그날은 전형적인 세토나이카이 기후로 화창했다. 올리브 공원에서 싱그러운 잎사귀가 봄바람에 반짝거렸다. 나무 사이로 섬과 배가 유유히 떠 있었다.

올리브나무

사이로 배 떠가네

쇼도시마의 봄

オリーブの間に船行くや島の春

쇼도시마는 '간장의 고향醬の郷'으로 불린다. 섬은 간장 산업 관련 건축의 최대 집적지로, 공장, 창고, 기념관 등 옛 시설이 고스란히 남아 있다. '마루킨쇼유丸金醬油' 기념관과 옛 건물을 돌아보는데 간장 냄새가 진동했다. 간장아이스크림을 사서 맛보았다. 단맛과 짠맛의 조합이 묘했다. 옛 간장 창고를 둘러보는데, 외벽 그슬린 삼나무 판자가 짙은 검정이었다.

구운 삼나무

검정은 간장 냄새

짙게 밴 까닭

焼きすぎは醬の匂い滲みる故

　4월 27일 쇼도시마에서 여객선을 타고 '데시마豊島' 이에우라항家浦港에 내렸다. 데시마는 면적 14.5평방미터, 인구 800여 명의 작은 섬이다. 섬 북동부 구릉의 '데시마미술관豊島美術館'을 관람했다. 건축가 니시자와 류에西沢立衛가 '물방울'을 모티브로 설계한 건물 외형은 2개의 개구부로 햇빛, 바람과 소리 등이 안으로 들어온다. 내부는 아티스트 나이토 레이

內藤礼의 '샘' 주제의 작품 '모형母型'이다. 시간의 경과에 따라 내부가 끊임없이 변하고, 바닥 구멍에서 물방울이 생성 소멸한다. 바닥에 앉아 명상했다. 작은 물방울이 솟아 굴러다니고, 그 옆으로 벌레가 기어 다녔다. 한 줄기 바람이 개구부로 불어왔다. 눈을 감자 낮은 속삭임이 들려왔다. "바람의 길을 걸어라!"

바람의 길을

걸으라고 말하네

봄날 센바람

かぜみち　ある　　はな　はるはやて
風道を歩けと話す春疾風

25. 세토나이카이

- 천변만화의 내해 -

'세토나이카이瀨戶內海'는 11개 현에 둘러싸이고, 3,000여 개의 섬이 뿌려져 있는 온화한 '내해'다. 내해는 시모노세키 해협下関海峡에서 기이수이도紀伊水道까지 이르는 방대한 해역이다. 고베도 내해와 접해 있다. 내해는 하루에도 시시각각 다

른 그림을 보여 준다. 어느 봄날 밤이 새벽으로 바뀌는 시각, '아카시 앞바다'는 푸른빛으로 덧칠한 유화 같았다. 수평선이 이등분 구도를 잡아줄 뿐 단색화였다. 오카야마현岡山県 해안의 윤곽이 걸쳐 있는 수평선 위로 여명이 실눈을 뜨고 있었다.

봄 새벽이여

바다는 일편단심

쪽빛 세상

春 曙や海はひたすら青世界

　이른 아침 '하리마나다播磨灘' 바다에 해가 떠올랐다. 물살이 넘실거렸다. 금빛 수역에서 고깃배 몇 척이 조업하고 있었다. 역광 속 어부의 작은 실루엣이 움직였다. 물결 속에는 은빛 까나리 떼가 군무를 추고 있으리라. 하리마나다는 효고현 서남쪽 바다로 옛날 '하리마고쿠播磨国'에서 붙여졌으며, 암초가 많고 조류가 빨라, 도미, 문어, 갯장어, 보리멸 등 어족이 풍부하다. 까나리를 쪄서 간장에 조림한 '이카나고쿠기니イカナゴくぎに'는 반슈播州 특산품이다.

금빛 물결 속에

까나리 떼가

헤엄치고 있으리

きんなみ　　　　　　　　　　　　およ
金波の中にいかなご泳ぎけり

　한낮 고베 앞바다 '고베오키神戸沖'는 쨍했다. 햇살이 수면
에서 튕겨 오르며 눈을 부시게 하고, 수평선 위로 뭉게구름이
산맥처럼 늘어서 있었다. 광택으로 번들거리는 물결에 낚싯배
한 척이 신기루처럼 떠 있었다. 정지화면 속으로 갈매기 한 마
리가 나타나 높이 날아올랐다. 대낮 내해는 백일몽 같은 느낌
이었다.

113

흰 구름 위로

불쑥 날아오르네

봄 갈매기

白雲の上に飛びたる春鴎

　늦은 오후 '아마가사키尼崎' 앞바다는 잔뜩 흐렸다. 노을이 먹구름에 빛을 잃었고, 바다도 먹빛. 홀연 육지 쪽으로부터 철새 떼가 나타나 방파제 근처를 낮게 날았다. 일본 열도로 건너왔던 철새가 시베리아로 돌아가기 위해서였다. 철새 무리는 대형을 유지하며 수평선을 지워버릴 듯 날개를 가쁘게 퍼덕였다. 새들의 날개는 제각각 다른 자세를 취하고 있었다. 그들은 이내 눈앞에서 사라졌다.

철새 떼 하늘

파도 사이로 짙은

어둠의 바다

<ruby>鳥<rt>とりくも</rt></ruby>曇り<ruby>波間<rt>なみま</rt></ruby>に<ruby>深<rt>ふか</rt></ruby>き<ruby>闇<rt>やみ</rt></ruby>の<ruby>海<rt>うみ</rt></ruby>

이슥한 밤 '스마須磨 해변'은 파도 소리뿐이었다. 수평선 위로 오사카 불빛이 실선으로 이어져 있었다. 검푸른 하늘에 별이 돋기 시작했다. 셀 수 있을 정도였다. 파도가 별빛을 흔들며 해안으로 밀려와서 흰 거품을 토해 냈다. 발밑에선 모래가 서걱거렸다. 눈으로 별과 별을 연결했다. 오른쪽 낮은 하늘에 '게자리蟹座, Cancer'가 보였다. 게가 다리 한쪽을 바닷물에 담

갔다. 엷은 구름이 잠시 별을 가렸다가 흩어졌다. 별이 다시
나타나 졸린 듯 깜박거렸다.

봄 바닷물에

다리 한쪽 담그네

게자리 별

春潮に片足浸す蟹座かな

여름 :　　　　삼나무
　　　　숲에서 우는
　　　　두견새

1. 도아 로드

- 이진의 출근길 -

고베는 산과 바다 사이에 동서東西로 길게 뻗은 도시다. 북쪽 롯코산에서 남쪽 세토나이카이까지 거리가 1.5킬로미터 정도이며, 대개 동서를 잇는 도로는 평지이고 남북을 잇는 도로는 언덕길이다. '도아 로드トアロード, Tor Road'는 대표적인 언

덕길로 이국적인 정취를 간직하고 있다. 이 길은 산 쪽 '고베 외국구락부神戶外國俱樂部'에서 바다 쪽 '구거류지旧居留地'까지 이어진다. 2021년 6월 20일 JR 고가 철로 쪽에서 산 쪽을 향해 걸어 올라갔다. 아기자기한 간판들이 거리를 밝게 채색했다. 그 끝에 롯코산 신록이 나타났다.

간판 빛깔

따라가니 보이네

푸른 여름 산

看板の色伴えば青葉山

도아 로드는 이진異人의 '출근길'이었다. 고베의 '원풍경'을 간직한 길 양편에 옷가게, 꽃집, 빵집, 찻집과 레스토랑 등 서양풍 가게가 즐비했었다. 지금도 작고 세련된 가게가 많아 경쾌한 산책과 쇼핑을 즐길 수 있다. 영국 스타일의 '도아 로드 호텔'에서 바다 쪽을 향해 걸어 내려갔다. 아치형 'TOR ROAD' 게이트를 지나자, 왼편에 창업 100년의 모자 전문점 '맥심MAXIM'이 나왔다. 서너 명의 여성이 쇼윈도를 들여다보았다. 색깔과 모양이 화려하고 고급스러운 모자들이 발길을 유혹했다. 지나가는 사람들도 각자 개성 있는 모자를 쓰고 있었다.

멋지구나

거리를 장식하는

여름 모자

<ruby>恰<rt>かっ</rt>好<rt>こう</rt>良<rt>よ</rt></ruby>し <ruby>街<rt>まち</rt></ruby>を <ruby>飾<rt>かざ</rt></ruby>れる <ruby>夏<rt>なつ</rt>帽<rt>ぼう</rt>子<rt>し</rt></ruby>

고베의 중심 번화가를 지칭하는 '산노미야'는 도아 로드 남단 모퉁이 '산노미야신사三宮神社'에서 유래했다. 신사는 메이지 정부의 첫 외교 사건으로 일본 조정이 '양이攘夷'에서 '개국

화친開国和親'으로 정책을 전환하는 계기가 된 '고베 사건神戶
事件(1868년)'의 현장이다. 신사는 주위 화사한 고층 빌딩과 대
조적으로 칙칙했다. 간간이 신사로 들어가 기도하는 사람이
보였다. 남쪽 입구로 들어가니, 정원 한쪽에 고베 사건 당시
사용했던 대포가 있었다. 흙빛 녹슨 대포 아래 살구가 떨어져
있었다. 설익어서 연둣빛이었다.

녹슨 대포여

그 아래 떨어진

살구 다섯 알

鉄砲の錆びや下には杏五つ

도아 로드 남쪽 끝은 명품 가게가 많은 '보행자천국步行者天
国'으로 이어지고, 신사 대각선 지점에 개항 시기 지어진 '다이마
루大丸백화점'이 있다. 신사 쪽에서 웅장한 백화점을 바라보았
다. 둥글게 지어진 모서리 쪽에 입구가 있고, 건물 전면에 길쭉
한 창문이 촘촘하게 달려있었다. 동편 하늘 높이 까마귀 몇 마리
가 날아올랐다. 백화점 내부 방향을 가리키는 '야마가와山側'와
'우미가와海側' 표식이 고베의 지리적 특징을 잘 말해 준다.

2. 고베해양박물관

– 흰 돛 가득 초록 바람 –

고베는 남쪽으로 세토나이카이가 펼쳐진 '항구도시'다. 1868
년 고베 개항을 위해 영국 군함 '로드니호Rodney'가 21발의 축
포를 쏘았다. 2020년 8월 23일 '고베해양박물관' 1층 홀에 로
드니호의 1/8 크기 모형이 전시되어 있었다. 기품 넘치는 배에

서 멀고 거친 바다를 건너온 항해의 역정이 느껴졌다. 뒤쪽 벽면에는 로드니호의 항해 장면, 개항의 발자취 등 프로젝션 영상이 상영되고 있었다. 영상을 보고 있으니 축포 소리가 들리는 듯했다. 배 옆으로 돌고래와 가오리가 힘차게 헤엄쳤다.

남풍에 감도는

축포 소리의 여운

고베항

なんぷう　しゅくほう　　　よいん　こうべこう
南風に祝砲の余韻神戸港

　박물관 앞은 '메리켄파크メリケンパーク' 중앙 광장이다. 광장 바닥에 커다란 '닻' 그림과 'PORT OF KOBE 1868' 문구가 새겨져 있다. 광장에서 박물관 건물을 정면으로 바라보았다. 범선의 '돛'을 모티브로 한 지붕의 흰색 프레임이 날아오를 듯 솟아 있고, 그 너머로 롯코산의 짙은 녹음이 보였다. 범선은 시원한 산바람을 돛에 가득 채우고 곧 바다로 나아갈 태세였다. 앞바다에서는 푸른 파도가 반짝였다.

하얀 돛이여

산바람 향긋하고

파도 빛나네

白き帆や山風薫る波光る

3. 히가시몬가

- 달의 뒤편 -

산노미야에서 레스토랑과 이자카야居酒屋, 구라브クラブ와 스나쿠スナック 등 소위 '먹고 마시고 노는' 가게가 가장 밀집한 지역이 '히가시몬가東門街'다. 이 구역은 많은 골목길이 미로처럼 복잡하게 이어져 있고, 좁은 단면적의 빌딩에 10여 개

이상의 가게가 빼곡히 입주한 경우가 많아 단골도 헤매곤 한다. 넓지는 않지만 깊고 오묘하며 늪처럼 빠져드는 곳이다. 2020년 8월 8일 저녁 히가시몬가를 탐방했다. 가게 이름을 살펴보니 꽃 이름이 많았다. 장미, 벚꽃, 패랭이, 난, 제비꽃, 수국…….

꽃 이름 세다가

길을 잃어버리네

동문가 골목

花の名に道を失ふ東門

'동문東門거리'를 뜻하는 히가시몬가 동쪽에는 정작 문門이 없다. 서쪽, 남쪽과 북쪽에는 각각 문이 있는데. '동문'은 방위상 이쿠타신사의 '동쪽 문'이란 뜻. 노는 곳과 기도하는 곳(신사)이 바로 옆에 붙어 있다. 어둠이 깔리면 히가시몬가의 진정한 문이 열린다. 화려한 불빛이 유혹하는 네온의 숲이 펼쳐진다. 밤이 이슥해지자 사람들이 휴식과 어흥의 세계로 빨려 들어가기 시작했다. 밤하늘엔 달이 수줍게 떠 있었다.

네온 숲에서

서성이는 발길이여

여름 달

ネオン<ruby>森<rt>もり</rt></ruby>にうろつく<ruby>足<rt>あし</rt></ruby>や<ruby>夏<rt>なつ</rt></ruby>の<ruby>月<rt>つき</rt></ruby>

골목 안쪽에서 고기 굽는 연기가 피어오르고, 어디선가 정겨운 노랫소리가 흘러나왔다. 어스름이 깔리는 시간, 달콤한 사케酒와 신선한 사시미鱠는 일과를 마친 발길을 끌어당기는 마력을 가졌다. 거기에다 상냥한 미소, 다정한 대화와 흥겨운 음악까지 곁들여진다면 누구든 밤새도록 놀 수 있으리라. 이곳에서 사람들은 목을 축이고 허기를 채운다. 저마다의 고독을 달래고 위안을 얻는다. 여기는 지치고 쓸쓸한 영혼들이 한 잔씩 들이켜는 곳, '달의 뒤편'이다.

술 향기에

섞이는 노랫가락

한여름 밤

酒の香にまじるる歌や盛夏の夜

4. 니노미야 상점가

– 꽃등 아래 옛날 간판 –

'니노미야二宮 상점가'는 플라워 로드와 이쿠다가와 사이에 있는 아케이드형 상가다. 2020년 8월 12일 초저녁 상점가는 산노미야 상점가와 대조적으로 쇠락한 기운이 역력했다. 옷가게, 찻집, 떡집, 정육점 등 가게가 띄엄띄엄 열려 있었다. 주

황색 간판과 가지런한 좌판의 떡집이 보였다. 아저씨가 안에서 떡을 만들고 아주머니는 밖에서 손님을 맞았다. 손님이 주인과 인사를 나누며 떡을 골랐다. 단골이 많은 집 같았다. 좌판에 하나미당고花見だんご, 와라비모치わらび餠 등 봄철 떡도 보였다. 간판을 보니 '달의 여울月ヶ瀬'로 퍽 운치 있는 이름이었다.

이 떡집은

아직도 팔고 있네

봄 고사리떡

この餅屋まだ売りにけり蕨餅

동서로 뻗은 개방형 상점가로 나왔다. 이곳도 동네 온천, 슈퍼, 야키니쿠焼き肉 식당, 페트pet 용품점 등이 섞여 있지만, 상가라기보다는 서민형 주택가에 가까웠다. 1923년 세워진 상점가는 한세월 인파가 밀려드는 인기를 누렸으나, 이제 사람이 드문드문 지나갈 뿐 활기를 잃었다. 한때의 번성을 말해주는 은방울꽃 가로등이 길 양옆으로 늘어서 있었다. 꽃등 아래 오래된 간판 몇 개에도 불이 들어왔다.

짧은 여름밤

쇠락한 시장 거리

은방울꽃등

短夜や古き市場に鈴蘭灯

5. 누노비키타키

― 폭포 소리와 매미 소리 ―

롯코산의 10여 개 폭포 중 가장 대표적인 것은 '누노비키타키布引滝'다. 이쿠타가와 상류부 산기슭에 온雄, 메오토夫婦, 쓰쓰미鼓, 멘雌 등 4개의 폭포가 차례대로 떨어지며 유현한 흐름을 만든다. 물살이 흰 천을 펼친 모습이어서 '누노비키布引'

이름이 붙여졌다. 2020년 7월 5일 쓰쓰미타키鼓滝는 낙폭이 작고 물이 흙 밖으로 드러난 화강암 사이를 흐르고 있었다. 장마로 불어난 계곡물이 바위를 깎아낼 듯 거셌다. 물결은 희고 바위는 검었다.

장마 빗물에

더욱 검어졌구나

계곡의 바위

五月雨に黒くなりけり谷の岩

누노비키타키는 도심에서 30분이면 도착한다. 뒷동산을 오르듯 부담 없이 찾아갈 수 있다. 나는 불과 10여 분 만에 메인 폭포인 온타키에 도착했다. 웅장하고 시원한 광경이었다. 주변에 신록이 짙고, 석벽을 타고 떨어지는 물결은 이름 그대로 '흰 무명천' 같았다. 폭포 소리가 산이 울릴 정도로 요란했다. 수풀 우거진 산 쪽으로 이동하자 폭포 소리에 묻혔던 매미 울음소리가 희미하게 들렸다. 장마에도 매미는 울고 있었다.

폭포 소리여

끊길 듯 들려오는

매미 울음

滝音や途切れに聞え蟬の声

장마가 끝난 7월 17일 누노비키타키는 낙수가 우람차고 웅덩이에 물이 잔뜩 불어났다. 물기를 한껏 머금은 산은 윤기 나는 잎사귀로 뒤덮였다. 등산로를 따라 더 높은 쪽으로 올라갔다. 온타키차야雄滝茶屋를 지나 '미하라시見晴らし 전망대' 산길에서 아래쪽을 내려다보았다. 녹음 사이로 가늘고 흰 물줄기가 산의 속살인 양 살포시 드러났다. 이제 매미 소리가 산 전체를 뒤흔들기 시작했다.

물 불어난

웅덩이에 쏟아지네

매미 소리

増し水の淀みに降る蝉時雨

폭포 동북쪽 산속에 '누노비키 허브가든布引ハーブ園'이 있
다. 7월 24일 '나팔꽃'을 보러 가든에 들렀다. 전망플라자展望
プラザ 담 전면을 짙푸른 넝쿨이 덮고, 잎 사이사이 꽃이 얼굴
을 내밀었다. 남빛 일색. 하이쿠의 혁신을 꿈꿨던 '마사오카
시키正岡子規(1867~1902)'도 저 꽃을 봤던 걸까? 그는 〈이 무
렵의 나팔꽃/ 오직 남빛으로/ 결정했구나この頃の藜藍に定ま

りぬ〉라고 읊었다. '톡—톡—' 보슬비가 내렸다. 꽃잎 속으로 빗방울이 모여들었다. 기고 사전 '사이지키歲時記'에는 나팔꽃이 하루 네 개 시간대로 나뉘어 분류된다. '아사가오朝顔'와 '요루가오夜顔'는 가을의, '히루가오昼顔'와 '유우가오夕顔'는 여름의 기고로. 일본인의 섬세한 감각이 느껴진다.

나팔꽃이여

보슬비 빗방울을

하나씩 모으네

<ruby>朝<rt>あさ</rt>顔<rt>がお</rt></ruby>や<ruby>微<rt>び</rt>雨<rt>う</rt></ruby>の<ruby>雫<rt>しずく</rt></ruby>を<ruby>集<rt>あつ</rt></ruby>めづつ

6. 노래비의 길

- 여름풀에 가려진 옛 시 -

누노비키타키에서 시작하여 이쿠타가와를 따라 해안까지 이어지는 '노래비의 길歌碑の道'에 총 36개의 노래비가 있다. 누노비키타키는 옛날부터 가인歌人이 즐겨 찾는 명소였다. 메이지 초기 '화원사花園社' 단체가 헤이안 시대부터 에도 시대까지 폭포를 읊은 와카和歌 36수의 석비를 세운 것이 길의 유래다. 와카의 명소를 찾아 작품을 음미하는 풍류를 '우타마쿠라歌枕'라고 한다. 2020년 7월 18일 먼저 폭포 주변의 노래비를 찾아서 읽었다. 어떤 것은 무성한 여름풀에 가려져 있어서 수풀을 헤치며 읽어야 했다. 더러는 이끼가 잔뜩 끼어 글자를 알아볼 수가 없었다.

여름풀이여

속 헤치며 옛 시 읽는

와카 명승지

夏草を分けて古詩読む歌枕

노래비의 길은 신누노비키바시新布引橋에서 미유키바시御幸橋까지 총 11개의 다리를 지난다. 하천이 규사이고쿠가이도旧西国街道와 교차하는 지점에 다다르니 24번 노래비가 나왔다. 헤이안 시대 시인 후지와라노타카스에藤原隆季(1127~1185)는 〈구름우물雲井로부터/ 뚫고 내려오는 흰 구슬을/ 누가 펼친 천의 폭포라고/ 불렀는가〉라고 읊었다. 이 와카로부터 이름 붙여진 듯한 '구모이바시雲井橋'가 근처에 있었다. 다리 난간에 무사武士와 수행원 그림이 새겨져 있었다. 교토에서 출발한 그들은 서국西國을 향해 길을 재촉하고 있다. 그 옛날 무사도 이곳에서는 시 한 수 읊고 떠나갔으리라.

7. 누노비키 허브가든

– 꽃치자 향기 속의 휘파람새 –

    '누노비키 허브가든布引ハーブ園'은 일본 최대 허브 공원이다. 마야산 서쪽 자락에 자리 잡은 공원에 12개 정원, 곳곳의 화단과 소경小径에 총 200여 종 75,000그루의 꽃과 허브가 자란다. 2021년 7월 17일 '바람의 언덕風の丘'에 서니 도심, 항

구와 바다가 훤히 내려다보였다. 오른쪽 녹음 위로 로프웨이 Ropeway가 방문객을 실어 나르고 있었다. 사람들이 해먹에 누워 맨발을 까닥이며 쉬고 있었다. 허공에선 실잠자리가 한가로이 날아다녔다.

해먹에 누운

맨발이여

하늘엔 실잠자리

つりどこ　すあし　そら　いととんぼ
釣床の素足や空に糸蜻蛉

'허브뮤지엄'으로 이동했다. 안내판에 "허브는 향기가 있고 사람에게 유용한 식물"이라고 적혀 있었다. 계단식 작은 화단들에 허브 100여 종이 있었다. 카모마일, 바질, 라벤더, 박하 등 아는 것도 있지만, 루콜라Rocket, 마틀myrtle, 레몬민트 Lemon Mint 등 처음 보는 게 더 많았다. 허브마다 고유한 향을 풍겼다. 박하는 청량하고 바질은 상큼했다. 허브를 하나 배울 요량으로 민트 종種 화단 '마틀'을 관찰했다. 키가 크고 흰빛이었다. 꽃 속에 검은 개미가 보였다. 개미들이 더듬이를 내저으며 꽃술 사이를 요리조리 헤집고 다녔다.

144

마틀 꽃술에

계속 이어지네

개미의 행렬

<ruby>銀梅花<rt>ぎんばいか</rt></ruby>の<ruby>蕊<rt>しべ</rt></ruby>にありけり<ruby>蟻<rt>あり</rt></ruby>の<ruby>列<rt>れつ</rt></ruby>

허브뮤지엄에서 '사계의 정원四季の庭'으로 가는 길에 꽃치
자가 늘어서 있었다. 이 꽃은 6월에 피며 순백의 빛깔과 재스
민을 닮은 달콤한 향기가 특징이다. 꽃은 일부 시들었지만 아
직 많이 달려 있었다. 일본에서 치자는 열매가 익어도 열개하
지 않는 것을 빗대서 '구치나시口無し'라고 불린다. 쪼그리고
앉아 향기를 맡는데 '글라스하우스Glasshouse' 너머 계곡에

145

서 맑은 새소리가 들려왔다. 아직도 짝을 찾지 못한 휘파람
새였다.

꽃치자 향기

속에서 우는 것은

휘파람새인가

くちなし　か　な　こえ　うぐいす
梔子の香に鳴く声は鶯か

가든 곳곳에서 수국, 백합, 해바라기, 천일홍, 에키나시아
Echinacea, 루드베키아Rudbeckia 등 수많은 꽃이 개성을 뽐냈
다. 글라스하우스로 가다가 넓게 가꾸어진 '샐비어' 화단을 만

났다. 샐비어는 우리말로 '깨꽃'으로 어릴 적 여름이면 주변에 흔했다. 꽃을 뽑아 꼭지에 입을 대고 꿀을 빨던 추억이 떠올랐다. 그때는 대개 빨강이었는데, 화단에는 빨강, 핑크, 보라, 파랑 등 4가지 빛깔이 풍성했다. 보랏빛 꽃을 하나 뽑아서 꿀을 빨아 보았다. 입안에서 단맛이 살살 퍼졌다.

깨꽃이여

보랏빛 꽃술에는

보랏빛 꿀

サルビアや紫色の蕊に紫色蜜

8. 롯코산 정상

– 조릿대로 덮인 산길 –

　고베는 '롯코산六甲山' 품 안에 안겨 있다. 롯코산괴六甲山塊가 서쪽에서 북동쪽으로 30킬로미터 이어지고, 그 아래로 시가지가 펼쳐진다. 2021년 7월 11일 롯코방문객센터에서 출발하여 롯코전산종주코스六甲全山縱走コース를 따라 걸었다. 2킬로미터쯤 걷다가 '롯코고산식물원六甲高山植物園'으로 들어갔다. 20여 개 정원에 많은 꽃과 고산식물이 자란다. 한 비탈에 원추리의 일본 고유종 '닛코키스게日光黃菅'가 군락을 이루었다. 원추리는 일본어로 '와스레구사忘れ草'인데, 꽃을 보면 근심을 잊게 한다고 해서 붙여졌다. 진노랑 꽃들이 일제히 하늘을 향하고 있었다.

제각각 자기

파란 하늘 가졌네

원추리 꽃

それぞれの青空持や忘れ草
あおそらもち　わす　ぐさ

다시 종주 코스를 걸었다. 산속 숲길은 한 사람이 겨우 지나갈 정도로 좁았다. '조릿대' 잎이 통로를 덮어 버린 구간도 있었다. 걸음을 옮길 때마다 잎이 옷자락에 스치며 '스각–스각–' 소리를 냈다. 산바람이 휩쓸고 시나갈 때마다 잎은 '스륵–스륵–' 소리를 내며 푸르게 일렁였다. 휘파람새, 큰유리새, 멧새 등 새들이 지저귀었다. 휘파람새 소리는 노래 같고,

큰유리새 소리는 속삭임 같았다. 바람 소리, 댓잎 소리와 새소리가 연속해서 이어졌다. 돌에 걸터앉아 '산속의 푸가fuga'를 감상했다.

무성한 조릿대

산길 감춰 버리네

푸른 바람

笹竹に山路の隠れ風青し

댓잎 스치는

소리에 놀라 우는

큰유리새

笹擦れの音に囀る大瑠璃ぞ

롯코산에 총 1,700여 종의 식물이 자란다. 걷는 동안 삼나무, 너도밤나무 등 여러 수목별 숲이 나왔다. '삼나무 숲'이 가장 많았다. 제법 우거진 삼나무 숲이 보여서 다가갔다. 곧게 뻗은 나무 사이로 풀이 무성했다. 오후 햇살이 그늘진 풀 위로 내려앉았다. 숲 깊숙한 곳에서 '두견새' 우는 소리가 들려왔다. 두견새는 한국과 일본 모두에서 슬픈 사연을 상징한다. 한국에는 계모의 구박을 받다 죽은 딸이 새가 되어 운다는 설화가, 일본에는 동생을 억울하게 죽게 만든 형이 새가 되어 피를 토

151

하며 운다는 내용의 '형제 전설兄弟伝説'이 있다. 새소리가 한
결 구슬프게 들려왔다.

삼나무 숲

그늘 깊은 곳이여

두견새 울음

杉叢の陰りの奥や時鳥

트레킹 2시간쯤 온몸이 땀에 젖었다. 등산객이 쉬고 있는
정자를 지나자 최고봉이 나왔다. 정상 평평한 곳에 '六甲山最
高峰 981m' 푯말이 세워져 있었다. 푯말 옆에서 북녘을 바라

보았다. 멀리 효고현 북부와 교토현 지역 산줄기가 좌우로 겹겹이 뻗어 있었다. 그 위로 한껏 부푼 구름이 멈춰 섰다. 여름은 '소서小暑'를 지나 '대서大暑'로 가고 있었다.

산 정상에

뭉게구름 멈추네

한여름

山頂に綿雲止まる大暑かな

9. 이시키리미치

– 돌을 잘라 나르던 길 –

'이시키리미치石切道'는 '돌을 잘라 나르던 길'이란 뜻으로, 롯코산 등산 코스 중 하나다. 이 길은 고조五助 제방 남쪽 스미요시미치住吉道에서 분기하여 롯코산 정상 가든테라스ガーデンテラス까지 4.1킬로미터 이어진다. 2020년 8월 29일 한큐

덴테쓰 미카게역御影駅에서 출발하여 백학白鶴미술관과 스미요시영원住吉霊園을 지나 한적한 산길을 걸었다. 입추가 지났는데 산길은 여전히 무더웠다. 왼편으로 계곡을 끼고 오른편 산허리를 돌자 한 송이 백합이 고개를 내밀었다. 돌산 입구를 가리키고 있었다.

흰 산나리

돌의 흰 빛깔의

예고일까나

白百合は石の白さの知らせ哉

잠시 후 2개의 산길이 만나는 지점에 '이시키리미치' 표지석이 보였다. 산비탈에 크고 작은 돌이 여기저기 쌓여 있었다. 돌이 햇빛을 받아 반짝였다. 계곡의 돌은 이끼가 잔뜩 끼어 있었다. '돌의 길'은 옛날 화강암을 채석하고 잘라 우차牛車에 실어 미카게하마御影浜까지 운반하기 위해 닦았다. 돌은 교토를 비롯하여 긴키近畿 각지로 운반되어 도리이鳥居, 가람의 초석과 석등 등의 재료로 사용되며, '미카게이시御影石'라는 명성을 얻었다.

이끼 푸르다

돌 자르는 길에

놓인 돌 위에

<ruby>苔<rt>こけ</rt>青<rt>あお</rt></ruby>し<ruby>石切道<rt>いしきりみち</rt></ruby>の<ruby>石<rt>いし</rt></ruby>の<ruby>上<rt>うえ</rt></ruby>

  길이 점점 가팔라져 숨이 차오르고 온몸이 땀으로 젖었
다. 중간에 '태양과 초록의 길太陽と緑の道'을 지나 한 시간가
량 올라가자 숲길이 나왔다. 바닥에 잔돌이 깔려 있었다. 수
풀을 헤치며 오르는데 이끼로 덮인 탁자 크기 바위가 나타났
다. 그 위에 자그마한 '돌탑'이 있었다. 바위에 걸터앉아 땀
을 닦았다. 험한 산에서 돌을 캐고 자르던 석공과 돌을 나르

던 소牛는 얼마나 고단했을까? 작은 돌을 하나 주워 탑에 얹었다.

돌탑을 쌓네

석공이 땀 식히던

큰 바위 위에

石塔や石屋の涼む岩の上

10. 아오타니미치

− 약숫물 솟는 참배길 −

　'아오타니미치靑谷道'는 롯코산 가운데 자리한 '마야산摩耶山'의 등반 코스 중 하나다. 3킬로미터의 짧은 산길이지만 급경사다. 2021년 7월 23일 한큐오지코엔역阪急王子公園에서 출발하여 등산로 입구로 들어서니, '아오타니가와靑谷川'의 물소

리가 들려왔다. 20여 분 오르니 작은 계곡이 나왔다. 녹음이 짙고 수면에 물고기의 진한 갈색 등줄기가 비쳤다. '가메노타키龜の滝사방댐' 물소리와 매미 소리가 한데 뒤섞였다. 댐 아래쪽 이끼로 덮인 암반 옆에 부러진 나무가 흩어져 있었다. 얕은 계곡물이 나무줄기를 타고 흘러갔다.

쓰러진 나무에

계곡물 휘어지네

여름 산

倒れ木に谷水曲がる夏の山

물가에서 나와 10여 분 올라가자 '시즈카엔静香園'이 나왔다. 양지바른 산비탈에 '야부키타やぶきた' 품종의 차나무가 정갈했다. 일본차日本茶는 개항 이후부터 메이지 시대 중기까지 고베의 주요 수출품으로 재배가 성행했다. 이제 모두 없어지고 이곳만 남았다. 찻잎 따는 5월이 지나서 차밭은 조용했다. 가끔 차밭 너머 숲에서 '여름휘파람새殘鶯' 우는 소리가 들려왔다. '자야茶屋'에 들어가 차 한 잔 미시고 싶었으나, 문을 열지 않은 상태였다. 대신 차밭에 앉아 새소리를 들었다.

녹차보다도

여름 휘파람새 소리

향기로워라

茶飲みより残鶯の声芳ばしき

　옛날 마야산에 불교 사원이 많아 아오타니미치는 '참배길参
詣道'이었다. 지금도 등산길에 교복사教福寺, 대룡원大龍院 등
여러 절이 남아 있다. 참배길에 일정한 간격으로 '쵸이시町石'
가 세워져 있는데, '주고초十五丁' 지점에서 약수가 나왔다. 산
경사면 암석 틈에서 가느다랗게 흘러내리는 약수가 바닥 낙엽
을 적셨다. 암석에 자란 고사리에 햇살이 내려앉았다. 손바닥

으로 물을 받아 마셨다. 깔끔한 맛이었다. 롯코산 화강암이 좋은 물을 탄생시킨다. 빗물이 땅속으로 스며든 뒤 긴 세월 화강암의 여과를 거쳐 복류수가 된다. 물맛의 비결은 '돌의 필터링'이다. 이 물은 '고베워터KOBE WATER'라 불리며, 외국 선원들로부터 '적도를 넘어도 썩지 않는 물'이란 정평을 얻었다.

산 약숫물

돌 속에서 지낸 세월

얼마나 될까

山清水石の年月何れくらい

11. 시오야 마을

– 능소화 너머 파도 구경 –

　'시오야塩屋'는 고베에서 산과 바다가 가장 가까운 곳으로, 마을 전체가 언덕과 계단으로 연결된다. 2021년 6월 4일 시오야타니가와塩屋谷川를 따라 올라가는데, 민부타니바시民部谷橋 주변에 그림카드, 바람개비 등 장식물이 비를 맞고 있었다.

'고이노보리鯉のぼり'도 보였다. 고이노보리는 남자아이의 성장을 기원하는 일본의 단오절 풍습이다. 하늘을 힘차게 날아야 할 잉어鯉 3마리가 축 늘어져 있었다. 마을 사람이 5월 장마로 불어난 탁류에 일부 잉어가 휩쓸려 바다로 떠내려갔다고 알려 주었다. 잉어가 스스로 헤엄쳐 간 건 아닐까?

안타깝구나

비에 젖어 축 처진

단오절 잉어

もどかしや雨に垂れるる鯉のぼり

민부타니바시에서 하타후리야마旗振山를 향해 걸었다. 좁은 샛길을 따라 15분가량 올라가자 평평한 풀밭이 나왔다. 풀밭 끝에 서니 시오야 남쪽 마을이 훤히 내려다보였다. 다양한 크기와 색깔의 지붕들이 서로 사이좋게 처마를 맞대고 있었다. 지붕들이 물결치며 스마 앞바다까지 이어졌다.

163

여름 바다

물결까지 다다르네

지붕의 파도

<ruby>夏海<rt>なつうみ</rt></ruby>の<ruby>流<rt>なが</rt></ruby>れに<ruby>至<rt>いた</rt></ruby>る<ruby>屋根<rt>やね</rt></ruby>の<ruby>波<rt>なみ</rt></ruby>

7월 10일 '시오미자카潮見坂'를 산책했다. 니시무키지조우西向地蔵에서 구川구겐하임 저택까지 길 양쪽에 깔끔한 단독주택이 이어졌다. 나무와 꽃이 많아 정원을 걷는 기분이었다. 꽃이 담장 너머 길 쪽으로 뻗어 나온 집도 있었다. 어느 집 지붕 위의 '능소화'가 탐스러웠다. 길바닥에도 꽃이 떨어져 있었다. 지붕이 꽃과 같은 오렌지빛이었다. 꽃잎 너머 지붕과 지붕

164

사이로 바다가 보였다. '시오미자카'는 '파도를 보는 언덕'이란 뜻. 마침 택배가 왔다.

능소화 핀

지붕의 골짜기여

파도 밀려오네

のうぜんの屋根の谷間や汐寄せる

시오야 상점가로 이동했다. 좁다란 골목길을 따라 생선가게, 옷, 이발소, 빵집과 식당 등 가게가 오밀조밀 들어차 있었다. 시오야역 앞 '히라마쓰다다미점平松畳店' 안으로 들어갔다. 부부가 다다미 작업을 하고 있었다. 아저씨가 다다미의 겉은 '골풀'을 쓰지만, 속은 편리성 때문에 이제 볏짚 대신 스티로폼으로 채운다고 알려 주었다. 선물로 받은 작은 골풀 묶음에서 풋풋한 향내가 났다. 일본 '료칸旅館'의 정갈한 객실에서 맡았던 종류의 것이었다.

다다미 가게

골풀에선 아직도

풀 내음 상긋

畳 師の藺はまだ草の匂ひけり

12. 스마리큐 공원

‒ 천년의 달빛 ‒

　‘스마리큐須磨離宮 공원’은 달과 파도를 구경하기 좋은 곳이다. 원래 궁내성宮內省의 무코리큐武庫離宮를 1967년 서양식으로 개조해서 조성한 시민 공원이다. 2021년 7월 13일 한신덴테쓰 쓰키미야마역月見山驛에서 공원까지 이어진 5백여 미

터의 골목길 바닥에 '장미' 타일이 일정한 간격으로 박혀 있었다. 집마다 문 앞이나 담장 옆에 화분이 놓여 있고, '장미의 소경バラの小径' 표식이 꽂혀 있었다. 장미를 보며 여유롭게 걸어가라는 뜻 같았다.

작은 길이여

집집마다 피어난

화분의 장미

小 径や軒並に鉢植えの薔薇

공원으로 들어가 먼저 '시오미다이潮見台'에서 스마 앞바다의 파도를 구경했다. 이어서 '주몬中門 광장'으로 이동하자, 수령 백 년이 넘는 녹나무 아래에서 아빠와 딸이 줄넘기하고 있었다. 딸은 줄을 넘고 아빠는 오른손으로 줄을 돌리며 왼손으론 사진을 찍었다. 다정한 부녀父女의 모습이었다.

아빠와 딸

그늘에서 줄넘기하는

푸른 녹나무

父 娘 陰に縄飛ぶ楠若葉

공원은 달맞이 명소였다. 헤이안 시대 시인 '아리와라노 유키히라在原行平'가 스마에서 귀양살이하며 달구경했던 곳이 '쓰키미다이月見台'다. 정자에서 남쪽을 바라보았다. '시인의 달'이 떠 있었을 하늘 아래 파도가 보였다. 옛날 교교한 달빛이 저 파도를 타고 밀려왔으리라. 유키히라가 달을 보던 자리에 소나무 한 그루 서 있고, 팻말에 그의 구句가 적혀 있다.

〈소나무 그늘이여/ 달은 보름날의 밤/ 주나곤まつかげや月は
三五夜中納言〉. '주나곤'은 유키히라의 관직명이다.

소나무 그늘이여

달빛 대신

밀려오는 여름 파도

まつかげや月の代わりに夏の汐

13. 고베의 올리브

- 타향에서 맺는 열매 -

    고베에서 일본 최초로 '올리브'가 재배되었다. 야마모토도리 山本通り의 고베 기타노호텔 앞에 '고베올리브농원 유적 모뉴 멘트神戸オリーブ園跡モニュメント'가 있다. 매년 고베마라톤 우승자에게는 '올리브관'을 씌워 준다. 또한 시내 곳곳에서 올

리브나무를 만날 수 있는데, 기타노마치에서는 시민이 자발적으로 올리브나무를 가로수처럼 심어 가꾼다. 작고 길쭉한 올리브 잎은 바람에 연둣빛 안쪽과 초록빛 바깥쪽을 번갈아 가며 햇살을 튕겨 낸다. 이 청량淸亮한 풍경은 기분을 좋게 해준다.

안쪽 바깥쪽

번갈아 반짝이네

올리브 잎사귀

面 裏互いに光るオリーブの葉

고베의 올리브는 '쇼도시마小豆島'로 전해졌다. 쇼도시마정이 2013년 고베시에 기증한 '우호의 올리브나무'가 가자미도리칸風見鶏館 앞에 서 있다. 2020년 8월 초 나무에 열매가 맺히기 시작했다. 잎이 쇼도시마가 있는 남서쪽을 향해 흔들리며 반짝거렸다. 기타노자카를 따라 내려가다 보니, 허브식당 'LEPICE' 화단에 키 작은 올리브가 심겨 있었다. 호랑나비 한 마리가 화단 주위를 날다가 올리브 잎에 내려앉았다.

꽃이 없는

올리브에 앉았네

호랑나비

花なしの橄欖に着く揚羽蝶

수출 품목 개발에 힘쓰던 메이지 정부는 유럽에서 필수품인 올리브유에 주목했다. 그리고 세토나이카이 기후가 지중해성 기후와 비슷한 점에 착안, 1879년 고베에 '국영고베올리브농원'을 설치하고 프랑스에서 묘목 550본을 들여와 재배를 시작했다. 이후 농원은 폐쇄되었지만, 기술과 경험이 쇼도시마로 전수되었다. 8월 말경 기타노자카의 나무에 열매가 알알이 맺

었다. 초록 올리브는 황록색으로 변하고 다시 군데군데 빨강,
보라, 검정을 띠며 익어간다.

타향에서

열매 맺은 올리브

듬직하구나

他郷にも実るオリーブ頼もしき

14. 반슈포도원

– 수수께끼의 포도밭 –

메이지 정부는 식산흥업 정책의 일환으로 고베에서 '와인'을 생산했다. 1880년 효고현 반슈평야播州平野 30헥타르 땅에 일본 최초 와이너리 '반슈포도원播州葡萄園'이 만들어졌다. 포도원은 7년가량 유지되다가 '뿌리 진딧물' 피해로 폐원되었다.

1996년 재발견되었으나 관련 자료가 없어 '수수께끼의 와이너리'로 불린다. 2020년 7월 19일 포도원 터는 농가가 드문드문한 황량한 벌판이었다. 한쪽 작은 포도밭이 거의 폐기된 듯 보이고, '클로버クローバー'가 벌판을 덮고 있었다. 넓은 포도밭을 아쉬워하며 걷다가 네잎클로버를 발견했다.

포도밭에서

우연히 발견했네

네잎클로버

葡萄地に見つけ四葉の苜蓿

고베 와인의 명맥을 이어가고 있는 '고베와이너리 농업공원'으로 이동했다. 1983년 지어진 와이너리는 반슈포도원과 10킬로미터 떨어져 있다. 7월 한여름 포도밭에 뜨거운 햇살이 쏟아졌다. 얼키설키 자란 넝쿨 잎사귀 뒤에서 알갱이가 익어가고 있었다. 생장을 돕기 위해 포도송이마다 일일이 종이 삿갓을 씌워 놓았다. 8월이 되면 검붉게 익은 포도는 달콤한 술이 되어, 어딘가의 식탁에 올라 누군가의 입술을 적시게 되리라.

여름 땡볕에

종이 삿갓을 쓴

포도송이

夏の日に紙笠かぶる葡萄かな

15. 포아이시오사이 공원

– 파도 소리에 부푸는 뭉게구름 –

　포트 아일랜드 서안西岸의 '포아이시오사이ポーアイしおさい 공원'은 길이 864미터의 해안 공원이다. 시오사이しおさい는 '파도 소리'란 뜻. 널찍한 공원에 산책로, 선착장 등 시설이 있고 남쪽은 고베가쿠인神戸学院대학 캠퍼스다. 2021년 7월 22일 아침 공원 방파제에서 몇 사람이 낚시하고, 산책로에서는 사람들이 조깅하고 있었다. 건너편으로 고베항, 포트타워, 하버랜드 등 명소들이 한눈에 들어왔다. 롯코산 녹음 위로 뭉게구름이 한껏 몸집을 불렸다. 한 남자가 바다 쪽으로 던진 낚싯바늘이 구름에 걸렸다.

파도 소리야

깊은숨 들이쉬는

여름날 구름

潮騒や深呼吸する夏の雲

공원의 'BE KOBE 모뉴멘트'는 메리켄파크의 'BE KOBE 모뉴멘트'와 서로 마주 보고 있다. 글자 속이 텅 비어서 모뉴멘트 사이로 건너편 풍경이 보인다. 사람들이 글자 모형 주변에 앉아 쉬었다. 아이들은 글자 속을 들락날락하며 놀았다. 안내판에 "'BE KOBE'는 고베의 매력은 사람에 있다는 생각을 집약시킨 시민의 프라이드와 메시지를 담고 있다."라고 적혀 있다.

179

　매년 여름밤 신항新港 앞바다에서 '미나토고베해상하나비대
회港神戸海上花火大会'가 열린다. '하나비花火'라 부르는 불꽃
놀이를 보기 위해 사람들이 대낮부터 전망 좋은 곳으로 몰려
든다. 시오사이 공원도 메리켄파크와 함께 명당자리다.

　언덕이 많은 고베에서는 꼭 명당이 아니더라도 집 근처 어
디에서든 하나비를 구경할 수 있다. 2019년 8월 3일 폭죽 터
지는 소리에 집 밖으로 나와 '기타노구라브北野クラブ' 쪽 언덕
으로 올라갔다. 돌 축대에 많은 사람이 모여 도심 위로 터지는
불꽃을 구경했다. 불꽃은 밤하늘에 수를 놓고, 알록달록 옷차
림은 축대를 화사하게 장식했다.

돌 축대를

채색하는 옷차림

불꽃놀이

<ruby>石<rt>いし</rt>垣<rt>がき</rt></ruby>を<ruby>彩<rt>いろど</rt></ruby>る<ruby>衣<rt>きぬ</rt></ruby>の<ruby>花火<rt>はなび</rt></ruby>かな

16. 롯코 아일랜드

– 야자수 잎에서 쉬는 가마새 –

고베의 인공 섬 '롯코 아일랜드六甲アイランド'는 595헥타르 땅에 주택, 미술관과 공원 등을 갖춘 해상 문화도시다. 2021년 6월 26일 스미요시住吉역에서 '롯코 라이너六甲ライナー'를 타고 기타구치역北口駅에서 내려 '이스트 시티 힐East City Hill'로 갔다. 길목마다 수국이 풍성하고 말벌이 윙윙거리며 연보랏빛 꽃을 순례했다. 수국은 일본어로 '아지사이紫陽花'이며 고베의 시화市花다. 5월 말부터 도시 곳곳에서 볼 수 있는데, 섬에는 '산수국甘茶'이 많았다. 산수국은 둘레에 8개의 헛꽃이, 가운데 참꽃이 피는 구조다. 수국은 색깔이 7번 변하기 때문에 일본에서는 '시치헨게七変化'라고도 불린다. 말벌은 참꽃에만 신나게 내려앉았다.

산수국이여

벌은 헛꽃을

거들떠보지도 않고

あじさい　　　はち　　　　ばなそで
紫陽花や蜂はあだ花袖にして

　기타구치역에서 아일랜드센터역까지 건물과 주택이 '스카이워크スカイウォーク'라 불리는 공중회랑으로 연결된다. 동쪽 아파트로 연결된 공중회랑을 따라 걸었다. 산책로와 화단에 원추리, 아가판서스Agapanthus, 개망초 등 여름꽃이 널려 있고, 롯코 라이너가 달리는 고가 옆에 '달맞이꽃月見草'이 시무룩하게 피어 있었다.

밤이 되면

활짝 피어나겠지

달맞이꽃

<ruby>夜<rt>よる</rt></ruby>なれば<ruby>吹<rt>さ</rt></ruby>き<ruby>誇<rt>ほこ</rt></ruby>りけり<ruby>月見草<rt>つきみそう</rt></ruby>

　이번엔 '웨스트 시티 힐West City Hill'을 따라 남쪽으로 걸었다. 섬 서남쪽에 남국南國 풍광의 '하와이ハワイ 공원'이 나왔다. 넓은 녹지에 워싱턴야자ワシントンヤシ, 휘닉스야자フェニックスヤシ 등 여러 '야자수'가 숲을 이루었다. '숨겨진' 장소 같았다. 커다랗고 촘촘한 잎을 펼친 야자수 앞에 서 있으니 열대림에 온 기분이었다. 섬 남단 마린파크에도 키 큰 야자수가 늘어서 있고, 가마새가 잎줄기에 내려앉았다. 섬에는 새가 많은

데, 가마새의 한 種種인 '센다이무시쿠이仙台虫喰'도 서식한다.

여름 바람이여

한들한들 흔들리는

야자나무 숲

夏風やゆらゆら揺れる椰子の森

야자수 잎에

사뿐히 내려앉는

가마새

椰子の葉にふわりと留まるムシクイぞ

다시 이스트 시티 힐로 가서 북쪽으로 걸었다. 잠시 벤치에서 쉬다가 정원 안쪽을 보니 푸른 잎 사이로 한 마리 '황금풍뎅이'가 보였다. 에메랄드빛 등껍질을 가진 녀석은 윤기 나는 잎사귀에 앉아 있었다. 잎에 작고 검은 것이 있어서 자세히 보니 똥이었다. 녀석은 아랑곳하지 않고 곤한 잠에 빠져 있었다. 섬은 여름이 절정이었다.

황금풍뎅이

나뭇잎에 똥 싸 놓고

잠이 들었네

黄金虫木の葉に糞して眠りけり

186

17. 고시엔

– 야구 소년의 꿈과 땀 –

'고시엔甲子園'은 효고현 니시노미야시西宮市의 한 지명이나, 보통 '야구장'으로 통하며 일본 '전국고교야구대회'를 상징한다. 봄 대회를 '하루노고시엔春の甲子園', 여름 대회를 '나쓰노고시엔夏の甲子園'이라고 한다. 2021년 8월 21일 제103회 나쓰노고시엔이 열리는 구장으로 갔다. 한신덴테쓰 고시엔역에 "생각을 연결해, 여름에 도전繋ぐ想い、挑む夏" 표어가 적힌 대회 포스터가 붙어 있었다. 구장 외벽은 담쟁이로 덮여 있고, 기념품 가게 진열장에 대회 참가 49개 학교의 이름을 새긴 페넌트pennant가 전시되어 있었다. 응원용 메가폰 두드리는 소리와 밴드 연주 소리가 밖에까지 들려왔다.

응원가 소리

울리는 구장 담장에

푸른 담쟁이

<ruby>応援歌<rt>おうえんか</rt></ruby>ひびく<ruby>壁<rt>かべ</rt></ruby>には<ruby>蔦青<rt>つたあお</rt></ruby>し

8월 26일 교토부京都府 교토국제고교京都国際高校와 후쿠이현福井県 쓰루가케히고교敦賀気比高校의 준준결승전을 관전했다. 외야에 푸른 잔디, 내야에 '흑토黒土'가 깔려 있었다. 여름 고시엔은 뙤약볕이 제격인데 하늘엔 비구름이 떠 있었다. 관람석에 두 학교 응원단이 각각 자리 잡고, 흰색 유니폼의 선수들이 경기장에 등장했다. 투수가 던진 공이 배트에 맞는 소리

에 함성이 터졌다. 타자는 달리고 슬라이딩하고 홈을 밟았다. 모자를 벗을 땐 앳된 얼굴과 까까머리가 드러났다. 회가 거듭될수록 유니폼은 땀과 흙으로 얼룩졌다.

흰색 유니폼

얼룩질수록 커지네

야구 소년의 꿈

白ユニを汚れるほどや球児の夢

8회까지 2대2로 대등했으나, 9회 말 교토국제고가 끝내기 안타로 이겼다. 선수들은 학교와 고향의 명예를 위해 싸웠다.

순수한 열정을 보여 주었다. 경기 중간에 양 학교 '교가'가 울리고 종료 후 이긴 학교 교가가 다시 연주되었다. 교토국제고 선수들이 외야를 향해 서서 교가를 불렀다. 교가가 그라운드 상공으로 울려 퍼졌다. 흑토는 야구 소년들이 흘린 땀에 젖어 빛났다. 3학년 선수가 마지막 경기에서 패한 후 고시엔의 추억을 위해 구장의 흙을 한 줌 집어 가는 전통을 '고시엔의 흙甲子園の土'이라고 한다.

구장 검은 흙

땀방울에 젖어서

반짝거리네

きゅうじょう くろつちあせ ひかり
球場の黒土汗に光けり

18. 산다의 전원

– 종달새 나는 보리밭 –

　효고현 '산다시三田市'는 좋은 쌀의 산지다. 2021년 6월 6일 산다시 '시모즈키세下槻瀬'로 차를 달렸다. 산이 병풍처럼 둘러친 들판에 하쓰카가와羽束川가 흐르고, 강 양편으로 논이 펼쳐졌다. 논에는 어린 볏모가 거의 물에 잠겨 있었다. 산 그림

자에 왜가리가 앉아 있었다. 백로白鷺와 몸 윗부분이 청회색
을 띤 청왜가리靑鷺가 사이좋게 쉬고 있었다. 가까이 다가가
려고 하자, 인기척을 느낀 그들은 '웩－외－엑' 요란한 소리를
내며 날아가 버렸다.

산 그림자에

백로 앉아서 쉬는

물을 댄 논

山影に白鷺とまる代田かな

논에 개구리밥이 가득 떠 있고, 논두렁에 토끼풀이 많았다.
산등성이 위로 구름을 빠져나온 햇살이 초록 수면을 비췄다.
한 농부가 여름풀을 깎고 있었다. 토끼풀꽃은 주로 흰빛인데
붉은 것도 섞여 있었다. 시모즈키세에서는 보리도 재배한다.
논 옆으로 밑동만 남은 보리밭에 마른 이삭이 여기저기 흩어
져 있고, 더러는 토끼풀에 기대어 있었다. 황금물결 일렁이는
보리밭을 그려 보며 푹신한 두렁길을 걸었다.

개구리밥

논 볏모 사이사이

가득 메웠네

浮草が苗の間に詰めてをり

보리 이삭

하얀 토끼풀에

정답게 기댔네

麦の穂や白つめ草にしなだれる

　이어서 '고우즈키木器' 쪽으로 달렸다. 가을 코스모스로 유명한 하즈가와波豆川의 '야사카신사八坂神社' 앞 들판에 보리밭이 나왔다. 한 떼기 정도였지만 반가웠다. 이삭의 까칠한 감촉을 느끼고 구수한 냄새를 맡았다. 밭 양쪽으로 논이 이어지고 농부가 물 대기 작업을 하고 있었다. 밭두렁은 온통 흰 토끼풀이었다. 홀연 밭 한가운데에서 '종달새'가 수직으로 날아올랐다. 보리가 마지막 수확을 기다리고 있었다.

파란 하늘을

향해 쏘는 종달새여

보리 수확 철

<ruby>青<rt>あお</rt>空<rt>そら</rt></ruby>を<ruby>当<rt>あ</rt></ruby>てる<ruby>雲雀<rt>ひばり</rt></ruby>や<ruby>麦<rt>むぎ</rt></ruby>の<ruby>秋<rt>あき</rt></ruby>

19. 겐지호타루

– 황홀한 비상과 무용 –

　'겐지호타루源氏螢'는 일본 고유종 반딧불이로 발광체가 커서 궤적이 선명하다. 롯코산 너머 북쪽에 겐지호타루 서식지가 많다. 효고현 다카쵸多可町 '노마가와野間川'도 그중 하나다. 2020년 6월 21일 일몰 전에 노마가와에 도착, 1킬로미터

의 '호타루의 숙소길蛍の宿路'을 걸었다. 숲은 울창하고 강은 바닥이 훤했다. 가히 반딧불이가 살 만한 곳이다. 댓잎 푸른빛이 스며들어 물빛이 청아했다. 호타루의 숙소는 짙은 녹색에서 옅은 노랑까지 농도가 넓었다. 어둠이 깔리자 그저 몇 마리가 나타나 짧게 날다가 사라졌다. 아쉽게도 흐린 밤이었다.

반딧불이 사는

작은 개울물이여

형광빛

蛍 居る小川の水や蛍光 色

2021년 6월 6일 효고현 이나가와정猪名川町 '시모아코타니下阿古谷'의 좁은 계곡에 얕은 물이 흐르고 있었다. 8시경 불빛이 나타났다. 상류 후미진 곳에 자리를 잡았다. 8시 30분에는 10여 마리 이상이 되었다. 녀석들은 여기저기서 날아올라 불빛을 점멸했다. 그들의 비상은 자유자재였으며 제각각 개성을 뽐냈다. 빠른 상승과 하강, 멈춰 있는 듯한 활공, 물에 스칠 듯한 저공비행, 가뿐한 착륙 등 모든 '비행술'을 선보였다. 그들은 점점 굵고 선명한 궤적을 그리고, 풀, 가지, 길섶 등에 고요히 내려앉았다. 한여름 밤의 '미니 에어쇼'는 30분가량 이어졌다. 저 불빛에 홀려 따라갔던 어릴 적 추억이 떠올랐다.

첫 반딧불이

어디 내려앉을지

알 수가 없네

初 蛍 何処に降りるか判らなき

9시 30분경 비상이 '무용'으로 바뀌었다. 계곡 어둠이 무대이고 물소리가 배경음악. 역동적인 점프와 낙하, 율동적인 회전, 가벼운 착지 등 현란한 동작을 보여 주었다. 공연은 밤 10

시쯤 절정이었다. '협연'도 있었다. 함께 수직으로 상승하다가 일정한 높이에서 잠시 멈춘 후 서로에게 다가가는 커플도 목격됐다. 그들은 어두운 숲속으로 사라졌다. 짧고 야릇한 밀회密会였다. 어둠은 신비로운 불빛과 희미한 물소리로 채워졌다. 밤이 깊어지자 불빛에 계곡물 주름이 드러났다.

반딧불이여

골짜기 잔물결이

선명해지네

蛍火や谷水の皺鮮やかに

20. 유메부타이

- 백만 장의 조개껍데기 -

'유메부타이夢舞台'는 아와지시마 동쪽 돈대墩臺의 복합 문화 리조트다. 28헥타르 땅에 백단원百段苑, 기적의 별 식물관奇跡の星の植物館, 전망테라스 등 시설이 산책로를 따라 연결된다. 하늘과 바다, 빛과 그늘, 바람과 구름 등 자연을 함께 느

낄 수 있다. 백단원은 백 개의 계단식 화단과 기하학적 구조가 특징이다. 2020년 6월 27일 화려한 꽃을 예상했는데, 토마토, 옥수수, 호박 등 채소가 심겨 있었다. 날씨가 흐려 하늘도 바다도 희끄무레했다. 한 화단에 호박꽃 두 송이가 노란 얼굴을 내밀었다. 주변을 배추흰나비가 꿈꾸듯 날아다녔다.

흐린 하늘 아래

피어난 호박꽃

연노랑

雲空に南瓜の花や浅黄して

'조개의 해변貝の浜'에서 먼저 눈길을 끈 것은 100만 장의 '가리비 껍데기'였다. 그 발상과 한 장씩 손수 박아 넣은 수공이 놀라웠다. 조개들이 줄과 열을 맞춰 정원 바닥을 덮고 있었다. 껍데기 하나하나가 바다의 표정 같았다. 귀를 기울이면 파도 소리 들려오고, 가만히 들여다보면 입을 벌리고 움직일 것만 같았다. '바다회랑海回廊'을 통해 '원형포럼円形フォーラム'으로 들어갔다. 나선형 계단이 상층부로 이어졌다. 낮은 외침이 나선형으로 퍼져 나갔다.

하나하나가

바다의 표정

백만 개의 가리비

一つ一つ海の顔つき帆立て貝

여름 파도 소리

나선으로 울리네

조개의 해변

夏波の螺旋に響く貝の浜

21. 혼후쿠지 미즈미도

- 연꽃 안의 부처님 -

아와지시마 '혼후쿠지本福寺'는 헤이안 시대 창건된 진언종 사원으로, 본당本堂이 '물의 절'로 알려진 '미즈미도水御堂'다. 1991년 건축가 안도 타다오安藤忠雄(1941~)가 설계한 미즈미 도는 전통적인 사원 건축의 관점에서 너무 파격적이라 거센

반대에 부딪혔다. 연꽃을 형상화한 본당은 지붕 없이 타원형 연못이 수반水盤이 되고, 사람이 그 안으로 걸어 들어가는 구조다. 타다오는 '연꽃 안으로 들어가는 사원'이라고 표현했다. 2020년 6월 29일 미즈미도 주변은 대나무가 둘러싸고, 수반에 붉거나 하얀 연꽃이 피어 있었다. 사람들이 연꽃을 감상하다가 수반 아래로 걸어 내려갔다. 진흙 속 부처님을 향해서.

홍련 백련

피어난 연못이여

대나무 그림자

<ruby>紅<rt>こうびゃく</rt></ruby>の<ruby>蓮<rt>はす</rt></ruby>の<ruby>池水<rt>ちすい</rt></ruby>や<ruby>竹<rt>たけ</rt></ruby>の<ruby>影<rt>かげ</rt></ruby>

紅百の蓮の池水や竹の影

엄숙함이여

연꽃으로 들어가는

사람 그림자

厳かや蓮に入りたる影法師

본당 내부는 원형 회랑이 이어지고, 그 한가운데 '본존本尊'
이 모셔져 있다. 회랑을 따라 걸어 들어갔다. 내벽은 콘크리트
인데, 본존에 가까워지자 목재로 된 붉은 격자무늬 창이 나왔
다. 안쪽은 경건한 공기로 채워져 있었다. 성속聖俗의 경계를 지
나는 기분이었다. 불상 뒷면 격자창으로 햇살이 스며들어 왔다.
본당 '약사여래藥師如來' 좌우에 '월광보살月光菩薩'과 '일광보살

日光菩薩'이 모셔져 있다. 밤에는 고운 달빛이 부처님 등을 비추리라.

낮에는 햇빛

밤에는 달빛 비추는

부처님이네

昼には日夜には月の仏かな

22. 오니온 로드

– 금빛 양파의 오두막 –

　아와지시마는 달고 부드러운 '양파'의 산지다. 양파 운송을 위해 미나미아와지시南淡路市 아마카미정阿万上町에서 슈모토시洲本市 치쿠사구千草区까지 19.6킬로미터의 '오니온 로드 オニオンロード'가 조성되어 있다. 2020년 6월 27일 양파 산지 '주조추킨中条中筋'으로 갔다. 차창 밖으로 모내기 끝낸 들판이 이어지고, 중간중간 '다마네기고야玉ネギ小屋'라고 불리는 '양파 오두막'이 보였다. 논과 논 사이에는 으레 오두막이 있었다. 주렁주렁 매달린 양파가 금빛으로 반짝였다. 따스한 바람에 단맛이 깊어지고 있었다.

훈풍이여

오두막 양파

금빛으로 익어가네

薫風や小屋のダマネギ金色に

130년 전통의 아와지시마 양파의 비결은 무엇일까? '진다이 치도호神代地頭方' 마을도 길 어귀마다 오두막이 보였다. 오두막은 양파의 옥외 저장 시설로 양파가 부패하지 않고 숙성되도록 적정 온도와 습도를 유지해 준다. 일반 양파의 당도가 5브릭스인데 비해 오두막 양파는 10~15브릭스로 딸기와 맞먹는다. 이곳에서는 양파 농사가 끝나면 벼농사를 짓는다. 한 농

부가 양파 밭을 갈아엎고 있었다. 이제 밭은 물로 채워지고 볏

모 자라는 논으로 바뀔 것이다.

양파 자라던

땅에 이제부터

논물이 채워지네

玉ネギの土に今より田水張り

23. 아와지 선셋라인

– 하얀 등대와 붉은 노을 –

'아와지선셋라인淡路サンセットライン'은 바다의 석양을 구경하기 좋은 해안 도로다. 아와지시마 북쪽 마쓰호노우라松帆の浦에서 서남쪽 미나미아와지시南淡路市까지 총 55킬로미터가 이어진다.

선셋라인이 서남쪽으로 휘어지는 지점 언덕에 '에사키등대江埼灯台'가 있다. 이 서양식 석조 등대는 '일본 등대의 아버지'로 불리는 영국의 토목기술자 리처드 헨리 브런턴Richard Henry Brunton의 설계로 1871년 지어졌다. 2019년 '일본로맨티스트협회'는 문화적 가치와 아름다움을 인정해 이 등대를 '사랑의 등대'로 지정했다. 2021년 7월 23일 언덕에는 하얀 등대가 덩그러니 서 있었다. 불을 밝히지 않는 등대 위로 가끔 비행기가 날아다녔다.

　선셋라인 양옆으로 전망 좋은 찻집이 많다. 저녁 6시경 '오션테라스Ocean Terrace' 앞쪽에 자리를 잡았다. 해가 수평선에 살짝 걸쳐 있고 노을이 번지기 시작했다. 일몰 직전 바다에 작은 어선 한 척이 떠 있었다. 공중에는 제비가 후드득 날아다녔다. 연인들이 해변을 거닐며 저무는 바다를 바라보았다. 노을은 수면에 수직의 띠를 드리우다가 점차 옆으로 퍼지며 온 바다를 물들였다. 이윽고 해가 물속으로 사라졌다. 저녁 물때가 되자 큰 물고기에 쫓기는 작은 물고기들이 연신 수면 위로 튀어 올랐다. 노을에 물고기의 날렵한 몸매가 비쳤다.

여름 바다로

번지는 노을 속에

물고기 실루엣

夏海の夕日に魚の翳り哉

7월 26일 도쿠시마에서 고베로 돌아가는 길에 선셋라인을 달렸다. 도시마항富島港을 지나는데 바닷가에 네모난 소쿠리가 줄지어 놓여 있었다. '하마다수산浜田水産'의 '시라스보시白子干し' 건조장이었다. 시라스보시는 '시라스白子'라 불리는 정어리류 치어를 소금물에 데친 후 햇볕과 바닷바람에 말린 건어물이다. 아와지시마가 일본 최대 산지이며, 돈부리丼, 우동과 스파게티 등 다양한 요리에 쓰인다. 인부 서너 명이 치어 뒤섞는 작업을 하고 있었다. 치어의 굽은 몸통이 하얬다. 가까이 다가가니 파도 냄새가 확 풍겨왔다.

여름 햇살에

흰 정어리 치어의

반짝임

夏の日に白きシラスの煌めきぞ

24. 아카시의 문어 낚시

- 가짜 새우로 문어 꼬시기 -

아카시明石의 '다코蛸', 문어는 최고의 맛과 식감을 자랑한다. 아카시 문어잡이는 야요이弥生 시대부터 '다코쓰보蛸壺'라는 항아리를 이용했다. 바쇼는 1688년 아카시 포구에서 〈문어 항아리/ 덧없는 꿈을 꾸는/ 여름밤의 달蛸壺やはかなき夢を夏

の月〉이라고 읊었다. 이 구비句碑가 아카시립천문과학관 앞에 있다. 2020년 8월 26일 새벽 낚싯배를 타기 위해 하야시자키林崎 어항으로 갔다. 세상은 아직 어두웠고 내항 가로등이 물 위에 빛의 열주를 드리웠다. 미명 속에 꾼들이 하나둘 모여들 었다. 저마다 잔뜩 부푼 그림자를 이끌고……

<blockquote>
낚시꾼의

그림자 한껏 부푸네

여름날 새벽
</blockquote>

<ruby>釣手<rt>つりて</rt></ruby>の<ruby>影膨<rt>かげふく</rt></ruby>れる<ruby>夏<rt>なつ</rt></ruby>の<ruby>夜<rt>よ</rt></ruby><ruby>明<rt>あ</rt></ruby>け<ruby>哉<rt>かな</rt></ruby>

아카시 문어는 주로 '잇뽄쓰리一本釣' 기법으로 잡는다. 새우 나 가재 모양의 가짜 미끼 '에기エギ'를 줄에 매달아 물속 바닥 까지 내리고 동작을 만들어 준다. 에기로 밑바닥을 더듬으며 문 어를 꾀는데, 손끝으로 놈의 움직임과 무게를 감지하는 게 관건 이다. 철저히 바닥과 승부다. 꾼들이 뒤뚱거리는 뱃전에 기대어 외줄을 드리운 채 꾀기 동작 '사소이誘い'에 집중했다. 물속에서 는 문어가 돌 틈에 웅크린 채 살랑대는 에기를 노려보고 있으리 라. 꾼들은 속으로 외쳤다. "문어야! 제발 덤벼다오!"

울퉁불퉁

바다 밑바닥 더듬는

문어 낚시

<ruby>凸凹<rt>でこぼこ</rt></ruby>の<ruby>海底探<rt>うみそこさぐ</rt></ruby>る<ruby>蛸釣<rt>たこつり</rt></ruby>ぞ

 드디어 한 꾼이 킬로그램 급을 꾀는 데 성공했다. 그는 릴을 침착하게 감아올렸다. 얼마 후 짙은 갈색 문어가 물 위로 모습을 드러냈다. 녀석은 통통한 8개 발을 휘저으며 강렬히 저항했다. 배 위에서도 뜰채 등 아무거나 휘감으며 탈출하려고 발버둥 쳤다. 결국 문어는 그물망에 갇히고 말았다. 문어는 아카시 해협의 강한 조류에서 살기 때문에 다리가 짧지만 굵고 힘이 세다. "아카시 문어는 뭍에서 서서 걷는다."는 말도 있다.

문어의 다리

낚시꾼 팔뚝보다

통통하구나

蛸足は掴む腕より太りけり

25. 나오시마

– 예술섬을 위하여 –

　세토나이카이에 떠 있는 '나오시마直島'는 '예술의 섬'이다. 가가와현香川県에 속하는 이 섬은 곳곳이 전시장으로 숲속과 해변을 걸으며 미술품을 감상할 수 있다. 대표적인 것이 구사마 야요이草間弥生(1929~)의 작품 '호박'으로, 미야우라항宮浦

港에 「붉은 호박」, 섬 남쪽 해변에 「과즙」 제목의 '노란 호박'이 있다. 2019년 6월 21일 해변 도로를 따라 걷다 보니 바닷가에 노란 호박이 나왔다. 이 작품은 수년 전 태풍에 바다로 유실되었는데 마을 어부들이 그물로 건져 내서 원래 위치에 갖다 놓았다.

나오시마 어부가

노란 호박을

지켜주누나

<ruby>直島<rt>なおしま</rt></ruby>の<ruby>海人<rt>あ ま</rt></ruby>は<ruby>南瓜<rt>かぼちゃ</rt></ruby>を<ruby>守<rt>まも</rt></ruby>りけり

섬의 대표 미술관은 지추미술관地中美術館과 이우환미술관이다. '이우환미술관'은 입구부터 정적이 감돌았다. 팸플릿은 "자궁으로 회귀하고 무덤으로 들어가는 공간을 구성했으며, 우리의 원점을 바라보며 사색할 수 있다"고 소개했다. '조응照應의 광장'에 작품 「관계항－신호」 2010'이 있고, 햇살이 자갈 길에 삼각형 양지를 오려놓았다. 콘크리트 벽은 서늘했다. 전시실은 각기 다른 이름이 붙여진 '방'이었다. 「그림자의 방影の間」에 앉아 눈을 감고 '원점'에 대해 생각했다.

　　1989년 기업가들과 예술가들이 뜻을 모아 '나오시마문화촌
구상'을 발표했다. 이후 산업 폐기물 쌓이던 땅이 예술의 섬으
로 탈바꿈했다. 이러한 변화는 인근 섬으로 확산하였다. 나오
시마 등 7개 섬에서 3년마다 봄, 여름, 가을 3계절에 걸쳐 '세
토우치국제예술제'가 열린다. 2019년 4월 26일 다카마쓰高松
에서 열린 개막식에 참석했다. 식이 끝나고 바닷가 잔디밭에
서 일본 전통악단이 공연했다. 옆에 '고멘御免' 깃발을 세우고,

흥겨운 북소리, 피리 소리가 축제의 서막을 알렸다.

여름 축제

구름도 춤추게 하라

북소리 피리 소리

<ruby>夏<rt>なつ</rt>祭<rt>まつ</rt></ruby>り<ruby>雲<rt>くも</rt></ruby>も<ruby>踊<rt>おど</rt></ruby>らせ<ruby>鼓<rt>こ</rt>笛<rt>てき</rt>音<rt>おと</rt></ruby>

가을 :

파도를
물들이는
보랏빛 달

1. 기타노마치①

– 소리의 풍경 –

2018년 10월 16일 늦은 밤 나는 처음 고베에 도착했다. 새 거처, 주오구中央區 '기타노마치北野町'는 이진들이 살던 곳이다. 도심을 지나 기타노마치로 들어서자 차창 밖으로 '이진칸 도리異人館通り' 표지가 눈에 들어왔다. '이국인이 사는 집의

거리'라는 뜻. 여행의 피로와 낯선 도시에 대한 설렘이 뒤섞인 채 잠이 들었다. 문득 어디선가 꿈결인 듯 '뿌—웅' 하고 뱃고동 소리가 들려왔다. 바다가 가까이 있었다. 이진들은 어떤 연유로 바다 건너 고베까지 왔을까? 저마다 무슨 꿈을 꾸며 살았을까? 그들의 꿈에 내 꿈이 겹치며 다시 잠에 빠져들었다.

가을밤이여

뱃고동 소리에 깨는

나그네의 꿈

秋の夜や汽笛に目覚め異人の夢

기타노마치는 동서로 후도자카에서 도아 로드까지, 남북으로 나카야마테도리中山手通り에서 기타노도리北野通り까지 걸쳐 있다. 기타노자카, 헌터자카 등 언덕길이 마을을 형성한다. 2019년 10월 25일 밤 도아 로드를 산책하는데 찻집 '마리나マリ一ナ' 쪽에서 샤미센三味線 소리가 희미하게 들려왔다. 찻집 안쪽에서 사람들이 샤미센을 튕기고 있었다. 창가에 빨간 시클라멘Cyclamen과 귤이 연주 소리에 귀를 기울이고, 지팡이는 벽에 기댄 채 주인을 기다리고 있었다. 가을밤이 깊어가고 있었다.

샤미센 소리

창가에 지팡이 기다리는

긴 가을밤

<ruby>三味線<rt>しゃみせん</rt></ruby>の<ruby>窓<rt>まど</rt></ruby>に<ruby>杖<rt>つえ</rt></ruby><ruby>待<rt>ま</rt></ruby>つ<ruby>夜長<rt>よなが</rt></ruby>かな

기타노마치에는 다문화가 공존한다. 종교를 보면, 신도神道는 물론, 불교, 가톨릭, 유대교, 그리스정교회 등 다양한 사원이 산재한다. 레스토랑도 일식 외에 중국, 한국, 이탈리아, 인도, 베트남 등 각국 요리를 즐길 수 있다. 2020년 9월 15일 기타노도리를 따라 걷는데, 주택 사이 흰 대리석 '자이나교 Jainism 사원'이 나왔다. 황금빛 문에 사슴, 공작, 오리 등 동물

과 장미, 연꽃 등 꽃문양이 화려하게 양각되어 있었다. 돌계단을 오르니 살짝 열린 문 앞에 슬리퍼 한 짝이 놓여 있었다. 안에서 누군가 명상하고 있는 듯 조용했다.

고요함이여

문 살짝 열려 있는

돌의 사원

しずかさや門は細目に石の院

기타노마치에서는 가끔 어디선가 종소리가 들려온다. 2020년 11월 7일 오후 종소리의 출처를 찾아 나섰다. 기타노도리를 걷

다가 '기타노교회北野教会'로 들어갔다. 건물 종탑과 앞마당 백합나무百合の木가 얼굴을 맞대고 있었다. 바닥에는 노랗게 물든 잎들이 바람에 휩쓸려 다녔다. 강한 바람이 불자 잎들이 우르르 떨어져 날아다녔다. 교회는 예배당이 아니라 결혼식장이었다. 바로 옆 '구구루페 저택旧クルペ邸'은 피로연 시설이다. 종소리는 새 부부의 탄생을 알리는 축복의 소리였다. 종소리가 울리고 잎들이 휘날리며 반짝였다. 부부의 행복을 기원하며.

종소리에

노란 잎 지며 빛나네

결혼하는 날

鐘の音に黄落光る結婚日

2. 기타노마치②

– 색깔의 풍경 –

기타노마치는 '색채의 마을'이다. 언덕길을 따라 파스텔 톤의 이진칸과 상점이 늘어서 있고, 다양한 꽃과 과실이 색감을 높여 준다. 2021년 11월 13일 기타노도리의 맨션 '아루티올라 기타노ァルティオーラ北野' 화단에서 '산수유' 3그루를 발견했다. 물든 잎 사이로 타원형 작은 열매가 다닥다닥 매달려 있었다. 산수유는 봄에 노란 꽃을 피우고, 가을에 빨간 열매를 맺는다. 나는 산수유를 겨울 열매로 여겨왔다. 김종길 시인은 시 「성탄제」에서 〈눈 속에 따오신 산수유 붉은 알알이 아직도 내 혈액 속에 녹아 흐르는 까닭일까〉 라며, 산수유를 흰 눈과 대비시켰다. 일본에서는 산수유를 '아키산고秋珊瑚'라 부르며, 이는 '가을산호'라는 뜻.

잎 지면서

눈에 띄는 빨강

산수유 열매

葉の落ちて見当たる赤し秋珊瑚

헌터자카의 산 쪽 끝단에 2층 목조 '마리닌 · 후타레후 저택 マリニン · フタレフ邸'이 있다. 이 저택은 1901년 지어진 이진 칸으로 하얀 외벽과 네모 창이 특징이다. 11월 30일 햇살이 감싸고 있는 저택 안쪽에 커다란 석류나무 한그루가 보였다. 담장 위로 무성한 가지를 펼쳤다. 가지에 갓 열매 맺은 것, 껍질이 붉어진 것, 살짝 벌어진 것 등 생장을 달리하는 석류가

매달려 있었다. 주황색 석류꽃도 몇 송이 보였다. 한 나무에 여름과 가을이 함께 있었다. 빠개진 석류 알갱이가 영롱하게 반짝이고 그 위로 흰 구름이 흩어졌다. 폴 발레리Paul Valéry는 시 「석류Les Grenades」에서 저 순간을 '붉은 보석'의 '빛나는 파열'로 노래했다.

석류 빠개져

산산이 흩어지네

흰 구름

ザクロ裂けて散々になる雲白く

담장 안쪽은 인기척이 없었다. 동쪽 출입문 5단 돌계단에 '개모밀덩굴'이 옹기종기 피어 있었다. 작고 동그란 꽃이 넝쿨을 뻗으며 군락을 이뤘다. 이 꽃은 히말라야 원산으로 다양한 채도의 핑크빛이 매혹적이다. 일본에서는 '히메쓰루소바姬蔓蕎麥'라고 부른다. 올망졸망 꽃은 알사탕처럼 탐스러웠다. 구름이 지나가며 잠시 성긴 비를 뿌렸다. 순간 빗방울이 날아와 꽃을 때렸다. 꽃은 고개를 끄덕이며 초겨울 비를 수긍했다.

초겨울 비여

고개를 끄덕이는

개모밀덩굴

はつしぐれくび　　　　　　　　　　ひめつるそ ば
初時雨首をうなずく姫蔓蕎麦

3. 기타노마치③

− 향기의 풍경 −

　기타노마치 지역은 여러 언덕길을 축으로 좁은 샛길이 거미줄처럼 퍼져 있다. 미로처럼 연결된 샛길은 각자 개성을 지녔으며 계절별로 다양한 향기의 꽃을 피운다. '이시다다미石畳소경'은 '삿슨 저택サッスーン邸'에서 가자미도리노칸으로 이어

진다. 소경 중간쯤 이층집 높이 금목서金木犀 한 그루가 있다. 2021년 11월 3일 좁은 길을 반쯤 차지한 등황색 작은 꽃들이 짙은 향기를 풍겼다. 달콤한 향기에 취해 나무 아래 멍하니 서 있었다. 향기가 구름처럼 피어오르고 햇살처럼 쏟아졌다. 흰 양산을 든 여인이 향기 속으로 걸어 들어갔다.

햇살처럼

쏟아지는 향기여

금목서 피어

日のように降り注ぐ香や金木犀

기타노마치에서는 하얀 '은목서銀木犀'도 핀다. 11월 12일 나카야마테도리中山手通り 2쵸메丁目의 카페 'CIRCO' 옆 화단에서 은목서 3그루를 만났다. 전날 비에 많이 떨어졌지만 별 모양 꽃이 많이 달려 있었다. 향기는 은근해 가까이 다가가서야 맡을 수 있었다. 근처 맨션 마당의 금목서는 꽃이 다 진 상태였다. 향기가 약한 은목서는 강한 금목서보다 오래 피어 있었다. 향기는 은은할수록 오래가는 걸까? 카페 앞에서 두 사람이 얘기를 나누었다. 옅게 흩날리는 은목서 향기와 함께 가을이 떠나가고 있었다.

나누는 인사

은은한 향기가 나네

은목서 피어

交わす声ほのかに馨る銀木犀

떠나는 가을

기타노엔 여전히

은목서 향기

行く秋や北野は尚も銀木犀

11월 30일 기타노정 4쵸메를 지나다가 2층 양관 '구Ⅲ볼리비아영사관' 마당에서 레몬나무를 만났다. 나무에 레몬이 주렁주렁 매달려 있었다. 과즙 무게에 못 이겨 레몬이 바닥 쪽으로 축 늘어져 있었다. 그것들은 마치 밧줄을 타고 일제히 내려오는 곡예단원 같았다. 푸른빛과 노란빛이 뒤섞여 있었다. 시큼한 맛이 떠올라 입에서 침이 나왔다. 옆집 울타리 위로 석류 하나가 해죽 입을 벌렸다.

레몬 향기여

울타리 석류는

입을 벌리고

檸檬の香や塀の石榴は口開けて

4. 나카야마테도리

- 무궁화 꽃이 피는 거리 -

고베 '나카야마테도리中山手通り'에는 주택가와 상업 시설
이 혼재한다. 동서로 시원하게 뻗은 6차선 야마테칸센도山手
幹線道와 면해 있다. 가노정加納町 쪽에서 서쪽으로 향해 가다
보면 헌터자카와 교차하는 지점에 독일풍 5층 반半목조 건물

이 나온다. 이는 1948년 설립된 '니시무라커피점西村珈琲店'으로 일본 최초로 커피콩을 직접 볶아 우려낸 커피를 팔았다. 2021년 9월 26일 아침 목제 실내 장식의 커피점 내부는 포근한 분위기였다. 커피 향이 그윽했다. 창 커튼을 통해 순한 햇살이 테이블 쪽으로 스며들었다. 고베는 일본 커피 문화의 발상지다.

커피 속으로

녹아드는

가을 아침 햇살

珈琲に溶けたる秋の朝日かな

　2층 창가에 자리를 잡고 브런치를 주문했다. 단정하게 앞치마를 두른 점원이 서빙을 했다. 따뜻한 물수건, 은빛 설탕통, 희고 두툼한 아리타有田 도자기의 커피잔, 노릇하게 구워낸 빵……, 모든 게 만족스러웠다. 니시무라는 나다고고灘五鄕에서 사케酒 제조에 쓰이는 물인 '미야미즈宮水'로 커피를 우린다. 롯코산 화강암의 필터링을 거친 물이라서 커피 맛이 순결했다. 창가에서 한 남녀가 진지하게 대화하고 있었다. 베란다

제라늄Geranium이 바짝 붙어 서서 이야기를 엿들었다.

술보다는

커피가 되었구나

미야미즈 물

<ruby>酒<rt>さけ</rt></ruby>よりも<ruby>珈琲<rt>こーひー</rt></ruby>になる<ruby>宮水<rt>みやみず</rt></ruby>ぞ

커피점에서 야트막한 오르막을 따라 200여 미터 가면 베이지색 외벽의 '주고베대한민국총영사관' 청사가 나온다. 이 서양풍 건물은 1929년 로마네스크Romanesque와 아르데코art déco 양식을 절충하여 지어졌다. 건물 앞 화단에 무궁화나무 5

그루가 심겨 있다. 9월 30일 때마침 보랏빛 꽃이 피어 있었다. 건물 위로 눈부신 하늘에 태극기가 펄럭였다. 나무 아래 서서 하늘을 올려다보았다. 꽃도 함께 나풀거렸다. 나카야마테도리의 무궁화는 매년 9월이면 어김없이 꽃을 피운다.

꽃과 깃발

나란히 휘날리네

가을 하늘 높이

花と旗ともにはためく秋高し

고마우셔라

야마테의 무궁화

꽃피는 세월

有難や山手の木槿咲く月日

5. 구旧구겐하임 저택

– 푸른 파도 밀려오는 하얀 집 –

　바다가 가까운 '시오야塩屋'에 이진의 별장이 많았다. 1912년 건립된 '구旧구겐하임 저택グッゲンハイム邸, Guggenheim House'이 대표적이다. 현재 저택은 콘서트, 전시회 등 이벤트 장소로 활용된다. 2020년 10월 11일 저택에서 라이브 공연 'akiko vocal×林正樹 piano'이 있었다. 재즈 가수와 피아니스트 단 2명의 작은 콘서트였다. 1층 작은 홀에서 관객 40여 명이 가벼운 음료를 마시며 공연을 감상했다. 잔잔한 피아노 선율과 감미로운 노랫소리가 창문을 통해 바다로 흘러나갔다. 해안에서는 파도가 밀려왔다. 느린 리듬으로 밀려와서 스며드는 파도 소리는 피아노 소나타를 닮았다.

파도 소리에

피아노 소리 섞이네

가을 해변

潮騒にピアノの音や秋の浜

2020년 11월 19일 저택을 견학했다. 2층 콜로니얼 양식의 양관, 소나무와 감나무가 심어진 정원으로 이루어진 저택에는 미국 무역상 잭 구겐하임Jack Guggenheim이 살았었다. 햇살을 반사하는 흰 벽과 5연속 아치 베란다가 특징이다. 청량한 외관이 파란 하늘과 조화를 이루었다. 앞마당 감나무에 감은 없고 성긴 잎이 물들고 있었다.

하얀 집

마당에 물들었네

성긴 감나무

白_{しろ}き戸_との庭_{にわ}にすかすか柿紅葉_{かきもみじ}

2020년 개봉된 구로사와 기요시黒沢清 감독의 영화「스파이의 아내スパイの妻」의 주요 장면이 이 저택에서 촬영되었다. 1940년대 전쟁의 비밀을 폭로하려는 고베 무역상 부부의 이야기를 그린 영화는 제77회 베니스영화제에서 은사자상을 수상했다. 영화 속에 나오던 우아한 계단 손잡이를 따라 2층으로 올라갔다. 연둣빛 프레임 창가에 기대어 바다를 바라보았다. 푸른 파도가 창가로 밀려왔다.

창가에 기대

손을 뻗어 만지네

가을 파도

窓辺より手出して触れや秋の汐

6. 고베 외국인 묘지

– 타향에서 잠든 이방인들 –

고베에는 초超다국적 '외국인 묘지'가 있다. 1867년 고베 앞바다에 정박하던 영미 함선에서 사망한 승무원 4명이 고노하마小野浜에 매장되었다. 이를 시작으로 롯코산 후타타비再度 공원 14헥타르 땅에 외국인 묘지가 조성되었다. 현재 61개 국적의 약 2,600여 기가 안치되어 있다. 종교도 기독교, 유대교, 이슬람교, 자이나교, 조로아스터교, 프리메이슨 등 20여 개를 망라한다. 2020년 10월 12일 고베시청 직원의 안내를 받아 묘지를 견학했다. 비석 모양, 비석의 문양과 언어가 다양했다. 잘 정돈된 공원 같은 묘지는 새소리도 뜸하고 고요했다. 무덤 사이로 마른 솔잎과 솔방울이 스산하게 흩어져 있었다.

마른 솔방울

나뒹구는 묘지여

쓸쓸한 가을

松ぼくり転がる墓や秋闌ける

　이 묘지에 일본인의 문화와 생활에 영향을 미치고 고베의 발전에 이바지했던 많은 '외국인'이 잠들어 있다. 초대 고베항장神戸港長을 맡았던 존 마샬John Marshall, 조선업에 기여한 에드워드 하즈렛토 헌터Edward Hazlett Hunter, 관세이가쿠인関西学院을 설립한 제임스 윌리엄 램버드James William Lambuth, 라무네ラムネ를 발명한 알렉산더 카메론 심Alexander Cameron

Sim……. 그들은 고베에서 한 생을 살다가 고베 땅에 묻혔다. 고베는 그들의 이름과 넋을 기리고 있다. 닻 문양이 새겨진 묘비가 눈에 띄었다. 뱃사람 무덤 같았다.

뱃사람 묘비

닻 문양이여

떠가는 비늘구름

船人の墓碑の錨や鱗雲

248

7. 신카이치

– 채플린의 추억 –

'신카이치新開地'는 1960년경까지 고베 제일의 번화가였다. 가부키, 영화, 연극 등 문화의 메카로, '동쪽의 아사쿠사浅草, 서쪽의 신카이치'란 말이 있을 정도였다. 슈라쿠칸聚楽館을 비롯하여 마쓰타케자松竹座, 치요시자千代之座 등 풍류 넘치는

시설이 즐비했었다. 2020년 10월 4일 신카이치를 산책했다. 6
쵸메丁目 입구의 '빅맨BIGMAN' 게이트는 중절모 쓴 남자 모습
인데, '찰리 채플린Charles Chaplin'을 형상화했다. 1932년 일본
을 방문한 채플린은 고베항에서 신카이치까지 행진하며 10만
여 군중의 환영을 받았다. 그는 '새우튀김海老天'을 좋아했다고
한다. 그의 우스꽝스러운 걸음걸이가 떠올랐다.

가을 하늘에

채플린의 얼굴

푸르르구나

秋空にチャップリンの顔青きけ

'라쿠고落語'는 에도 시대 성립된 일본 전통 예능의 하나다.
'라쿠고카落語家'가 혼자서 말과 몸짓으로 해학적인 이야기를
풀며 웃음을 자아낸다. 신카이치 2쵸메 '기라쿠칸喜楽館'이 라
쿠고 전용 공연장이다. 객석 200석의 작은 규모다. 안으로 들
어가니 무대는 검정, 연두, 주황 3색 줄무늬 휘장이 쳐져 있었
다. 휘장이 열리자 무대 벽면에서 '기쁠 희喜'자가 웃고 있었
다. 공연이 진행되자 관객이 간간이 웃음을 터트렸다. 나도 귀

를 쫑긋 세웠으나 이해하기 어려웠다. 한 라쿠고카가 미국 오하이오주State of Ohio 사람은 '오하요우おはよう'라고 인사한다고 말하는 대목에서 살짝 웃음이 나왔다.

8. 나가타

- 찬밥 데우던 온기 -

고베 '나가타長田'는 '구두의 마을靴の街'로 불린다. 나가타는 1차 대전 이후 고무 신발 제조업이 발달했으며, 1952년부터는 화학 재료로 신발을 만드는 '케미컬슈즈' 산업이 흥성했다. "고베 사람은 신발 사서 신다가 망한다神戸は履き倒れ"는 속설이 있을 정도였다. 안타깝게도 케미컬슈즈는 1995년 한신아와지대지진 이후 침체기다. 2021년 10월 9일 빨간 하이힐 조형물이 있는 '슈즈플라자'는 한산했다. 2009년 나가타의 부흥을 기원하며 세운 '철인 28호 모뉴멘트'가 있는 와카마쓰 공원若松公園으로 갔다. 재건 의지를 나타내듯 철인이 햇무리를 향해 주먹을 힘차게 내뻗었다.

철인의 손에

무언가가 있으리

높은 가을 하늘

鉄人の手に何が在り天高し

　나가타에는 재일한국인이 많이 산다. 이들은 신발 공장의 경영자와 노동자로서 케미컬슈즈 산업을 이끌어 왔다. 고베의 B급 요리 '소바메시そばめし'가 그러한 서사를 간직하고 있다. 소바메시는 1980년대 노동자들이 점심시간 '오코노미야키お好み焼き' 가게에서 도시락 찬밥을 소바와 함께 볶아 달라고 주문한 것이 시작이었다. 원조로 알려진 '아오모리青森'는 오

후 2시인데도 줄이 길었다. 내부는 좁은 주방 앞에 8명 정도 앉는 바텐과 식탁 2개가 전부였다. 600엔짜리 소바메시를 주문하자, 주인이 철판에 찬밥, 소바, 양배추, 쇠심줄 고기 고명 등을 한데 섞어 볶았다. 철판 열기에 찬밥이 김을 피우며 따뜻해졌다. 노동자들은 저 온기에 고단함을 달랬으리라.

소바메시

밥알의 온기여

추운 가을날

そばめしの粒の温みや秋小寒

10월 16일 나가타 '랜턴엔니치ランタン縁日' 행사가 열렸다. 랜턴이 다이쇼스지 상점가大正筋商店街와 후타바학사ふたば学舎 운동장에 걸렸다. 상점가를 돌던 '친돈야チンドン屋'가 포즈를 취해 주었다. 친돈야는 기발한 의상을 입고 친돈타이코チドン太鼓 등 악기를 연주하는 3~5인조 길거리 악단으로, 구경꾼을 불러 모은다. 에도 말기 시작된 일본 전통 예능으로 전성기에 2,500여 명에 달했으나, 지금은 5~60명 정도뿐이다.

풍물패 놀이에

핼러윈 호박도

웃음 짓누나

チンドンに空のカボチャも笑ひけり

학사 운동장 허공에 랜턴이 줄줄이 매달려 있었다. 아이들이 그네를 타거나 공놀이를 하며 놀았다. 랜턴 그림은 핼러윈 호박, 배船, 박쥐, 단풍잎 등 다양했다. 랜턴 불빛이 밤하늘을 화려하게 수놓았다.

9. 고베페리터미널

– 노을 속으로 사라지는 여객선 –

고베 신항新港의 '고베페리터미널'에서 고베–미야자키宮崎 구간의 카페리, 고베–다카마쓰高松와 고베–쇼도시마小豆島 구간의 점보 페리가 운항한다. 2020년 9월 20일 해 질 무렵 '미 야자키행行 페리'가 출항하고 있었다. 1만 2천 톤의 배가 기적

을 울리며 커다란 연통에서 거무스레한 연기를 내뿜었다. 연기는 긴 꼬리를 그리며 노을 속으로 흩어졌다. 페리는 외항을 벗어나 점점 작아지다가 사라져 갔다.

여객선 연기

사라져 가는 곳이여

가을 노을

船の 煙 消え去る 方や 秋夕日

고베 항구가 무대로 나오는 '엔카演歌'가 있다. 우치야마다 히로시와 쿨파이브内山田洋&Cool Five가 부른 「소시테 고베そして神戸」다. 가사는 실연한 사람이 고베항에 와서 아픔을 달래고 새로운 사랑을 찾아 나서기로 마음먹는 내용. 주인공이 〈배의 불빛이 비치는 탁한 물에 구두를 던져 버리네〉라고 노래한다. 가사처럼 내항의 물이 탁하고, 정박한 배가 물속에 아련한 빛줄기를 드리웠다. 주인공이 구두를 던진 곳이 저기 어디쯤 아닐까? 불빛이 애처롭게 흔들렸다. 가사만으론 여성인지 남성인지 불분명한 노래의 화자는 과연 '달콤한 거짓말うまい嘘'을 속삭여 줄 새 상대를 찾았을까?

가을 바닷물

깊숙이 스며드는

여객선 불빛

秋海に滲みるる船の灯り哉

제4 제방 '고베포트터미널'에서는 주로 크루즈와 훈련선이 정박한다. 2020년 9월 26일 일본 '해기교육기구海技教育機構'의 훈련선 5척(니혼마루日本丸, 카이오우마루海王丸, 다이세이마루大成丸, 긴가마루銀河丸, 세이운마루青雲丸)이 모두 고베항에 기항했다는 고베신문 보도를 보고 터미널로 갔다. 초저녁 6,000톤급 '긴가마루'가 늠름한 모습으로 정박해 있었다. 터미널 주차장에서 내려다보니, 고베대교 왼편으로 긴가마루의 후미가 보였다. 갑판에서 생도들이 뭔가 연습하고 있었다. 저 생도들은 머지않아 망망대해를 누비게 되리라.

가을 초저녁

훈련선은

여태 수업중

秋宵や訓練船は授業 中

10. 수이도스지 상점가

- 수돗물 위의 아케이드 -

'수이도스지水道筋 상점가'는 수돗물이 흐르는 땅 위에 있다. 1931년 센가리千刈 저수지에서 니시노미야西宮까지 파이프 수도관이 설치되고, 그 위에 상점가가 조성되었다. 상점가는 상가 8개와 시장 4개가 연결된 복합 쇼핑 구역이다. 2020년 9

월 5일 고베에서 가장 긴 450미터의 아케이드를 가진 '6쵸메
상가'를 둘러보았다. 많은 물건과 사람으로 활기가 넘쳤다. '마
루스기丸杉상점' 좌판을 보니, 가지, 호박, 동과 등 가을 채소
뿐만 아니라 시금치, 열무, 대파 등 다른 계절 채소도 진열되
어 있었다. 모두 저렴했다. 네 조각으로 자른 오카야마岡山산
'동과冬瓜' 한쪽이 130엔이었다.

맑은 수돗물

위에서 팔고 있네

제철 동과

水道の上に売りたる冬瓜かな

　아케이드 아래 채소, 생선, 의류 등의 가게가 줄지어 있고,
간간이 식당, 찻집과 주점이 끼어 있었다. 말끔한 보도步道,
다채로운 상점, 상냥한 점원들 덕분에 산책 코스로도 좋았다.
가게를 하나씩 구경하며 걷다가 두부 가게 '후지모토藤本식품'
에서 멈췄다. 방금 갈아 낸 두유를 한 잔 마셔 보니 진하고 고
소했다. 물 흐르는 곳이니 좋은 두부가 나올 것 같았다. 점원
의 앞치마와 장화가 새로 나온 두부처럼 깨끗했다.

두부 장인의

앞치마 깨끗하다

새로 나온 두부

<ruby>豆腐屋<rt>とうふや</rt></ruby>の<ruby>前掛<rt>まえか</rt></ruby>け<ruby>白<rt>しろ</rt></ruby>き<ruby>新豆腐<rt>しんとうふ</rt></ruby>

상점가 서쪽으로 빠져나오니 '샤토레シャトレ' 간판이 보였다. 안쪽은 머리를 깎는 사람, 어깨를 두드리는 사람, 면도하는 사람 등 평범한 이발소 풍경이었다. 갑자기 소나기가 쏟아졌다. 이발사가 급히 밖으로 나와 널어놓았던 흰 수건을 재빠르게 거두어 안으로 들어갔다. 이발소 '삼색등三色燈'이 비를 맞으며 빙글빙글 돌고 있었다.

빙글빙글

이발소 삼색등에

가을 소나기

くるくると床屋の燈に村時雨

11. 기쿠세이다이

- 두 손으로 별을 뜨던 곳 -

　마야산摩耶山 '기쿠세이다이掬星台'는 고베, 오사카와 와카
야마和歌山까지 조망할 수 있는 전망대다. 광각의 기쿠세이다
이 야경은 일본 3대로 꼽히며, '1,000만 달러'의 야경이란 평가
다. 이는 2005년 기준 산에서 보이는 일대 전등 1개월분 전기

세 총액에서 따왔는데, 이제 금액을 크게 올려야 한다. 2020
년 9월 21일 초저녁 '마야뷰라인摩耶ビュウライン'을 타고 호시
노에키星の駅에서 내려 전망대로 갔다. 하늘, 바다, 도시가 시
원하게 내려다보였다. 노을이 도심, 포트 아일랜드와 롯코 아
일랜드를 오렌지빛으로 물들였다. 사람들의 한쪽 뺨도 곱게
물들었다.

섬도 얼굴도

복숭앗빛 물드네

가을 저물녘

島も顔も桃色付くや秋の暮

어둠이 깔리자 시가지와 항구에 등불이 켜지기 시작했다.
빌딩과 가로등, 간판과 광고판, 차량과 선박 등의 불빛이 도시
를 촘촘히 메웠다. 기온이 뚝 떨어져 온몸이 덜덜 떨렸다. 바
람 몰아치는 하늘엔 별 몇 개 떴으나, 곧 구름에 가려 자취를
감췄다. '두 손으로 뜰 수' 있을 정도로 별 총총한 밤하늘을 기
대했는데 아쉬웠다. 이제 형광등, 네온과 LED가 별을 대신했
다. 지상은 휘황찬란했다. 야경 평론가, 마루마루 모토오丸々

もとお는 〈인생의 반은 밤이다. 그 밤의 풍경은 아름다움만이 아니라 치유의 세계로 이끄는 효과가 있다.〉라고 썼다.

가을 추위여

아르르 떨고 있는

별 몇 개

身_みにしむやぶるぶる_{ふる}震う星_{ほしいく}幾つ

12. 바람의 교회

– 흰 바람이 건네는 말 –

안도 타다오의 교회 3부작 중 하나인 '바람의 교회風の教会'는 고베에 있다. 교회는 1986년 롯코산 중턱 오리엔탈호텔 정원에 지어졌으며, 2017년 호텔이 해체된 후에도 그대로 남아 있다. 2020년 10월 24일 '롯코밋쓰아트예술산책2020六甲三一

ッ・アート芸術散歩2020' 행사 기간 교회를 관람했다. 교회는 전체적으로 소박하고, 통과의례를 치르듯 40미터의 '콜로네이드colonnade'를 거쳐 예배당 안으로 들어가는 구조다. 젖빛 유리창을 통해 들어온 가을 햇살이 콜로네이드 내부를 차분하게 해주었다.

가을 햇살이여

반투명 유리 길에

사람 그림자

秋の日やガラスの道に人の影

10평 정도의 콘크리트 예배당 안으로 들어갔다. 제단 쪽 정면에 가느다란 철제 십자가가 걸려 있고, 양쪽 슬릿창slit window으로 오후 햇빛이 스며들어 왔다. 오른쪽에 피아노 한 대, 2인용 의자 두 개가 각각 놓여 있었다. 왼쪽으론 큰 격자 창문을 통해 바깥 풍경이 들어왔다. 장식적 요소를 최소화한 공간은 정적靜寂으로 채워졌다. 작은 소리에도 큰 울림이 일었다. 바람을 찾아보았다. 창밖 물든 나뭇잎이 가볍게 흔들렸다. 바람 부는 쪽을 바라보며 잠시 명상을 했다.

교회에서 듣네

빛깔 없는 바람이

전하는 말

堂に聞くや色無き風の言伝え

가을바람은 어떤 빛깔일까? 바쇼는 '오쿠노호소미치奧の細
道'에서 〈돌산의/ 돌보다 더 하얗다/ 가을바람石山の石より白
し秋の風〉이라고 읊으며, '흰색'으로 보았다. 그는 '가을바람'을
기고로 여러 작품을 남겼는데, 〈객지 잠 자면/ 내 시를 이해하
리/ 가을바람旅寝して我が句を知れや秋の風〉구句에서는 그의
생애를 관통했던 방랑과 구도求道의 자세가 엿보이고, 가을바

람의 맨살이 만져진다. 나무 한 그루 쓸쓸한 창밖을 보며, 미세하게 이는 바람의 흰빛을 찾아보았다. 음력 10월 12일은 '바쇼의 기일芭蕉忌'이다.

가을바람의

흰빛을 찾아보네

바쇼의 기일

<ruby>秋風<rt>あきかぜ</rt></ruby>の<ruby>白<rt>しろ</rt></ruby>さを<ruby>探<rt>さが</rt></ruby>す<ruby>芭蕉忌<rt>ばしょうき</rt></ruby>

바쇼가 '구도적求道的'이라면, 에도 시대 또 다른 하이진 '고바야시 잇사小林一茶(1763~1828)'는 '인간적人間的'이다. 그는

개구리, 파리, 벼룩 등 세상의 미물微物에 애정을 쏟고 많은

시를 지었다. 딸이 천연두로 죽자 상실감에 빠진 그는 〈이슬

의 세상은/ 이슬의 세상이지만/ 그렇지만露の世は露の世ながら

さりながら〉이라며, 삶의 덧없음과 부조리를 노래했다.

13. 스마의 겐지모노가타리

– 쓸쓸함의 대명사 –

　무라사키 시키부紫式部의 소설『겐지모노가타리源氏物語』 54첩 중 12첩 이야기의 무대는 고베 '스마須磨'다. 스마는 헤이안 시대 소수의 어부만이 살던 외딴곳이었다. 시키부는 스마에 유배되었던 궁정시인 아리와라노 유키히라在原行平를 모델로 12첩을 썼다. 소설 속 '히카리 겐지光源氏'는 스마에서 우수의 나날을 보낸다. 바람둥이 겐지는 홀로 지낸다. 2020년 10월 1일 겐코데라現光寺 입구 '겐지데라源氏寺' 표석이 겐지 거처였음을 알려 주었다. 2층 목조가옥 지붕 위로 둥근 달이 떠올랐다. 달빛에 시비 글자가 흐릿하게 드러났다. 1678년 바쇼는 스마 포구에서 〈바라보면/ 바라볼수록 쓸쓸한/ 스마의 가을見渡せばながむれば見れば須磨の秋〉이라고 읊었다. 처마 밑 풀숲에서 '치륵–치륵–' 귀뚜라미 소리가 들려왔다.

달빛 빌려서

바쇼 시비를 읽네

귀뚜라미 울고

月かりて芭蕉の句碑をきりぎりす

일본 문학에서 '스마'는 겐지모노가타리 이후 '쓸쓸함'의 대
명사가 되었다. 특히 스마 포구는 쓸쓸한 정경을 대변한다. 유
키히라와 겐지가 바라보던 '포구의 달'을 보러 갔다. 어둠이 깔
린 스마 해변에는 마침 보름달이었다. 사람들이 한가롭게 산
보, 조깅, 낚시 등을 즐기고 있었다. 겐지가 '달의 연회月の宴'
와 '무라사키노우에紫の上'를 그리워하며 바라보던 달빛이 파

도를 물들였다. 모래 장난을 하던 아이가 달빛 속으로 빨려 들어갔다.

보랏빛으로

물드는 파도여

스마의 달

むらさき　そ　　　　　なみ　すま　　つき
紫　に染まるる波や須磨の月

'고베의 달'은 동쪽 기이반도 쪽에서 떠서 남쪽 바다를 지나 서쪽 오카야마현 쪽으로 진다. 맑은 밤이면 언덕길, 공원 등 시내 어디서든 달을 볼 수 있다. 2021년 9월 22일, 음력 16일

밤 하버랜드로 갔다. 조금 기운 만월滿月이었다. 주토티추오터미널中突堤中央ターミナル '가모메리아かもめりあ' 앞에서 보니 달이 '고베포트타워' 옆으로 다가와 있었다. 고베항의 스카이라인을 구성하는 포트타워는 '철탑의 미인'으로 불린다. 달빛이 미인의 잘록한 허리를 휘감았다. 바쇼는 '음력 16일의 달'을 보고 〈음력 16일 밤/ 조금이지만 어둠의 /시작이런가十六夜はわづかに闇の初め哉〉라고 읊으며 역발상했다.

음력 16일 밤

미인의 허리

더욱 잘록하구나

十六夜に佳人の腰はなお細し

14. 이나가와정의 메밀꽃

– 꽃 속에 잠든 멋쟁이나비 –

효고현 '이나가와정猪名川町'은 작은 산촌으로 가을엔 '메밀꽃'이 핀다. 메밀인 '소바そば'는 일본 사람의 '소울 푸드'다. 2020년 9월 26일 이나가와정 산간 지역에 농가가 띄엄띄엄 떨어져 있었다. 히로네広根 마을의 일본식 가옥 앞에 메밀밭이

정갈했다. 하얀 꽃이 오밀조밀 피어 있고 벌과 나비가 정신없이 날아다녔다. 메밀꽃에는 꿀이 많다. 주홍빛 날개에 점무늬를 가진 '히메아카다테하쵸ヒメアカ立羽蝶'가 꽃에 파묻혀 단꿈을 꾸고 있었다. 녀석은 가을에 볼 수 있는 '작은멋쟁이나비'다.

분주하구나

꿀벌의 날갯짓

메밀꽃 피어

いそがしや蜂の羽ばたき蕎麦の花

꽃술에서 나도

잠들고 싶네

가을 나비의 꿈

蕊に我も寝たしや秋の蝶の夢

이효석은 소설『메밀꽃 필 무렵』에서 강원도 봉평을 〈산허리는 온통 메밀밭이어서 피기 시작한 꽃이 소금을 뿌린 듯이 흐뭇한 달빛에 숨이 막힐 지경이다.〉라고 그렸다. 이나가와의 메밀밭은 농가 옆이나 도로변에 작은 규모로 산재했다. 봉평 메밀꽃이 풍경화라면, 이나가와의 것은 정물화였다. 한 메밀밭 옆에 일본어로 '히간바나彼岸花'인 꽃무릇이 피어 있었다. 일본 덴메이天明 대기근(1782~1788) 때 사람들이 꽃무릇을 데쳐 먹었다. '소바 한 그릇'이 생각났다. '이나가와노소바노칸いなかわのそばの館'에서 '산채참마소바山菜とろろそば'를 시켜 먹었다. 산채는 상긋하고 소바는 심심했다.

이제 소바를

배불리 먹게 되리

꽃무릇 피어

今そばを鱈腹食ぶや彼岸花

15. 다카라즈카 오페라

– 가을에 핀 제비꽃 –

'다카라즈카宝塚 오페라'는 여성 배우로만 공연한다. 창립 100년의 다카라즈카가극단도 미혼 여성으로만 구성된다. 1974년 「베르사이유의 장미ベルサイユのばら」가 관객 140만 명의 대성공을 거두며 '다카라즈카붐'이 일었다. 2020년 10월 18일 무코가와武庫川 기슭 다카라즈카대극장으로 갔다. 한큐 다카라즈카역에서 대극장까지 200여 미터가 '꽃의 길花のみち' 이다. 대극장 담장에 공연 포스터, 다카라젠느宝ジェンヌ 브로마이드 등이 붙어 있고, 산책로에 베르사이유장미ベルサイユ のばら, 연미복신사燕尾服の紳士 등 동상이 서 있다. 화단에 작은 '제비꽃菫' 한 송이가 보였다. 제비꽃은 다카라즈카시의 시화이자 다카라즈카음악학교의 상징이다.

281

가을에 핀

제비꽃

더욱 작고 귀엽다

返り咲き菫や更にしおらしき

가극단 배우를 양성하는 '다카라즈카음악학교'는 경쟁이 치
열해 매년 입학식과 졸업식이 뉴스가 된다. 졸업생은 꽃, 달,
눈雪, 별, 하늘 등 5개 '구미組' 중 하나에 소속된다. 남자 주인
공 역男役 배우는 스타가 되어 열성 팬을 거느린다. 대극장 광
장에서 한 소녀가 공연 포스터를 뚫어져라 보고 있었다. 저 소
녀도 '다카라젠느'의 꿈을 꾸고 있으리라.

저 소녀도

언젠가는 되겠지

꽃과 별

あの乙女何時かなるべし花と星

극장 안은 2,500여 석이 만석으로 관객 대부분 여성이었
다. '쓰키쿠미月組'가 공연을 했다. 먼저「WELCOME TO
TAKARAZUKA」는 50여 명이 전통의상을 입고 춤과 노래를
펼치는 일본풍 퍼포먼스였다. 스케일이 크고 화려한 군무가
눈길을 사로잡았다. 다음「피카루광소곡ピカール狂騒曲」은 셰
익스피어의 희극『십이야十二夜』를 각색한 뮤지컬이다. 배우들

283

의 춤, 노래와 연기가 훌륭했다. 연미복 남자주인공이 단연 돋보였다. 다카라즈카 오페라는 노래, 춤, 연기, 패션과 무대 등이 어우러진 종합 예술이며, 일본의 독창적인 문화였다. 돌아가는 길에 연미복 신사를 다시 만났다. 공연 때처럼 맵시 있는 포즈를 취해 주었다.

16. 산다시

– 감나무와 송어의 농촌 –

고베 북쪽 '산다시三田市'는 깨끗하고 조용한 농촌이다. 산과 평야, 계곡과 하천 등 자연이 잘 어우러져 쌀과 버섯 등 농업이 발달했다. 2020년 11월 15일 산다로 차를 모는데 마을 어귀마다 '감나무'가 보였다. 감나무는 집 안마당, 논과 밭의

두렁길, 도로변 등 곳곳에 서 있었다. 잎 진 나무에 주렁주렁 매달린 노란 감이 전구처럼 환했다. 어느 마을에서는 장대로 감을 따는 사람도 있고, 볏짚으로 엮어 처마에 매단 곶감도 보였다. 낯익고 정감 어린 풍경이었다.

이 마을은

감나무 먼저 나와

손님을 맞네

この村は柿まず客を迎えかな

감나무 풍경을 뒤로하고, 가미아이노上相野 '시이타케랜드 카사야椎茸ランドかさや'로 차를 달렸다. 이곳은 '표고버섯따기 椎茸狩' 체험을 하고, 딴 버섯을 직접 구워 먹는 원목 재배 농장이다. '사람 인(人)' 자 형상의 참나무クヌギ 원목이 산비탈에 빼곡하게 채워져 있었다. 체험객이 한차례 휩쓸고 갔는지 원목에 휑한 구멍이 많았다.

첫 버섯

눈썰미 좋은 이가

뽑아 가리라

初茸は見まねの人に摘みにけり

산다시 고카키小柿 계곡에 '방류 낚시터'가 있다. 1킬로미터의 계곡에서 사람들이 민물고기 '아마고ｱﾏｺﾞ'와 무지개송어 '니지마스ﾆｼﾞﾏｽ' 낚시를 하고 있었다. 맑은 물이 산자락 아래를 흐르고, 앞쪽 들판에 가을걷이를 끝낸 논과 밭이 드넓게 펼쳐져 있었다. 가족 단위 야영객이 많았다. 물가에선 물고기 굽는 연기가 피어올랐다. 아이들이 낚싯대를 치켜들고 하늘 높이 휘저었다. 그 앞 대밭이 시원한 그늘을 만들어 주었다.

맑은 가을날

낚싯대를 던지는

대나무 하늘

秋晴れや釣竿投げる竹の空

17. 단바사사야마

– 된장국에 지는 모란 –

효고현은 원래 '5개 나라'로 나뉘어 있었다. 645년 다이카노카이신大化の改新부터 1871년 폐번치현廢藩置県까지 셋쓰摂津, 다지마但馬, 아와지淡路, 하리마播磨, 단바丹波 등 '고고쿠五国'가 있었다. 고고쿠는 지형과 기후 차이 때문에 나라별로 독특한 산업과 문화가 발전했다. 단바사사야마시丹波篠山市는 옛 '단바고쿠丹波国'로 교토京都와 연결된 교통 중심지였다. 2020년 10월 23일 '사사야마성터城跡'를 관람했다. 1609년 건립된 성은 해자와 돌담 등 구조는 그대로이나, 건물은 대부분 소실되고 '대서원大書院'만 남았다. 대서원은 파격적인 규모와 양식의 목조 건축이다. 처마가 하늘로 날아오를 듯 힘차게 솟아 있었다. 지붕 측면 촘촘하게 짜인 격자무늬의 간결미가 돋보였다.

가을 하늘이여

날개를 활짝 펼친

오래된 처마

<ruby>秋空<rt>あきそら</rt></ruby>や<ruby>翼<rt>つばさ</rt></ruby>を<ruby>伸<rt>のば</rt></ruby>す<ruby>古<rt>ふる</rt></ruby>き<ruby>軒<rt>のき</rt></ruby>

　성터에서 시도오테센市道大手線을 따라가니 조카마치가 나왔다. 먼저 눈길을 끈 '다이쇼로만칸大正ロマン館'은 1923년 동사무소 건물로 지어졌는데, 지금은 관광휴게소가 되었다. 건물 앞 광장에 그려진 기하학적 도안 위로 사람들이 지나다녔다. 지붕 위의 '히노미야구라火の見櫓'는 옛날 마을의 화재를 경계하기 위한 '불의 망루'였다. 이제 그러한 기능은 없어지고, 망루 위에서 풍향계가 바람을 맞고 있다.

　'보탄나베牡丹鍋'는 단바사사야마의 향토 요리로 얇게 썬 멧
돼지 고기를 끓는 국물에 익혀 먹는 일종의 샤부샤부다. 별미
를 위해 외곽 식당을 찾아갔다. 식탁에 멧돼지 편육을 담은 접
시, 된장으로 국물을 낸 냄비, 날달걀, 삶은 에다마메枝豆 등
이 단출하게 차려졌다. 옛날에는 멧돼지 뼈로 국물을 우려냈
는데, 이제는 구하기가 힘들어 '미소味噌'로 낸다고 했다. 고기
담긴 접시가 큼직한 '모란꽃' 모양이었다. 붉은 띠 선명한 꽃잎
이 된장국으로 지기 시작했다. 꽃잎을 건져 내 날달걀에 적셔
먹었다. 담백하고 구수한 맛이었다. 사람들의 말 수가 줄어들
고 젓가락이 바빠지기 시작했다.

된장국으로

꽃잎이 떨어지네

보탄나베

味噌汁に花びら散るや牡丹鍋

18. 단바의 콩과 밤

– 눈부신 검정, 고소한 갈색 –

'단바丹波' 지역은 내륙성 기후로 기온 차가 크고 안개가 많다. 이런 자연조건이 콩, 밤, 산마, 송이버섯 등 품질 좋은 농산물을 선물했다. '단바쿠로丹波黒'로 불리는 검은콩은 크기, 단맛, 식감 등이 뛰어나 정월 '오세치おせち' 요리의 필수 품목이다. 2020년 10월 31일 '단바타부치丹波たぶち농장'에서 콩 따기 체험 '에다마메가리枝豆狩'를 했다. 산으로 둘러싸인 평야에 콩밭이 넓게 펼쳐져 있었다. 여러 곳에서 콩 따기 깃발이 펄럭였다. 500엔을 내면 밭에 들어가 콩 1킬로그램을 딸 수 있다. 사람들이 콩 많이 달린 줄기를 찾아 부지런히 옮겨 다녔다.

한 가족 함께

보물찾기를 하네

콩 따기 체험

一家みな宝をさがす枝豆狩
いっか たから えだまめがり

밭 바깥 천막과 밭두렁에서 사람들이 모여 앉아 콩을 깠다. 한쪽에 콩을 까고 남은 줄기 더미가 사람 키 높이만큼 쌓여 있었다. 콩깍지를 까 보니 토실하게 영근 콩알이 서너 개가 나왔다. 아직 초록과 보라가 섞여 있었다.

푸른빛 곧

검게 변하겠지

단바 검은콩

青はすぐ黒くなりけり丹波黒

　따스한 햇볕이 수확을 마친 들판에 내려앉았다. 어른들이
영양가 높은 양식을 장만하는 동안 아이들은 텅 빈 밭을 놀이
터 삼아 뛰어다니며 놀았다. 풍성한 단바의 '가을 풍경'이었다.

가을걷이여

아이들 뛰어노는

밭고랑

秋納め 子達の走る畑の畝

단바는 삼림이 75퍼센트로 산과 숲이 많다. 단바사사야마시 구사노草野에서 단바시 아오가키정青垣町 도사카遠阪까지 48 킬로미터 구간이 '단바숲가도丹波の森街道'다. 2020년 11월 1일 숲가도의 산허리를 달리는데 가옥 대여섯 채뿐인 산마을이 나왔다. 마을 뒤쪽은 떡갈나무, 단풍나무와 삼나무 등이 빽빽한 숲으로 둘러싸여 있었다. 숲을 지나 더 깊숙이 들어가면 밤

나무가 나오리라. 에도 시대 역참 마을 '후쿠즈福住'에 묵었던 과객過客은 〈밤안개 내리는/ 단바 숙소의/ 처마에서 밤 떨어지는/ 소리가 들리네〉라며, 단바의 '밤栗'을 소리로 감지했다. 이곳 밤은 알이 굵고 단맛이 뛰어나다.

산마을이여

떡갈나무 숲 뒤로

밤나무 숲

山里や樫の後ろに栗林

19. 도노미네고원의 억새

– 노을에 흔들리는 은파 –

효고현 간자키군神崎群의 '도노미네砥の峰고원'은 억새 군생지로, 물결치는 기복의 연속 지형이 90헥타르에 달한다. 2020년 10월 31일 고원에 억새가 사람 키 높이로 자라 있었다. 많은 사람이 억새 사이를 거닐고 있었다. 억새는 옷깃이 스칠 때

마다 '사락사락' 경쾌한 소리를 냈다. 전망 포인트에서 내려다 보니 억새 한가운데 빨갛고 노랗게 물든 나무 몇 그루가 보였다. 마을 사람은 억새 보존을 위해 매년 겨울 고원을 불태우는 '야마야키山焼き'를 한다. 저 나무들은 '산 불태우기'에도 살아남아 물이 들었다.

산 불태우기

견뎌 낸 단풍이여

억새의 고원

山焼きを堪えて紅葉や芒原

억새로 덮인 고원에 크고 작은 구릉이 물결처럼 이어졌다. 고원 북쪽으로 울긋불긋한 단풍나무 숲과 짙푸른 삼나무 숲이 병풍처럼 에워쌌다. 그 너머로 센마치가미네千町ヶ峰 등 높고 낮은 봉우리들이 완만한 능선을 형성했다. 고개를 들어 멀리 바라보았다. 드넓은 고원은 장쾌하고 눈부시게 아름다웠다.

억새 들판

구릉 너머 저편엔

멀고도 먼 산

薄野の丘の向うに山遠し

그날은 바람 한 점 없었다. 오후 5시 노을이 번지기 시작
했다. 저녁놀에 억새가 은빛으로 물들며 부드럽게 흔들렸다.
이 고원은 '무라카미 하루키村上春樹'의 소설『노르웨이의 숲』
(1987년) 원작 영화의 촬영지다. 소설 한 대목을 찾아 읽어 보
았다. 〈……시월의 바람은 억새를 앞뒤로 흔들었다. 하늘은 높
고 가만히 보고 있으면 눈이 아플 정도였다. 바람은 초원을 건

너 그녀의 머리를 희미하게 흔들고 덤불로 빠져나갔다.……〉,
와타나베ワタナベ가 나오코ナオコ와의 열여덟 살 때 추억을 회
상하는 장면이다. 초원에는 시월의 바람 대신 시월의 노을이
건너오고 있었다.

바람이 없어

노을에 흔들리네

은빛 억새

風なしに夕日に揺れる薄かな

20. 다케다죠

− 구름 기다리기 −

   '천공의 성天空の城'으로 불리는 '다케다죠竹田城'는 효고현 아사고시朝来市의 산성이다. 1431년 지어져 1600년 폐성된 이후에도 돌담과 터전이 남아 있다. 길이 400미터, 폭 100미터의 성을 독특하게 만드는 것은 '운해雲海'다. 가을철 공기가

차고 일교차가 큰 날 새벽이면, 성채는 구름에 휩싸여 공중으로 떠오른다. 2020년 11월 1일 새벽 5시 리쓰운쿄立雲峽 전망대에 오르니 센가미네千ヶ峰 산 위로 새벽달이 떠 있었다. 잔월殘月이 조금씩 저물면서 여명이 밝아오고, 마름모꼴 고죠산古城山 정상의 성채도 윤곽을 드러냈다. 뒤이어 혼마루本丸, 니노마루二の丸 등도 나타났다.

새벽달 지니

서서히 드러나네

성채의 터전

<ruby>残<rt>ざん</rt></ruby><ruby>月<rt>げつ</rt></ruby>の<ruby>暮<rt>くれ</rt></ruby>に<ruby>現<rt>あらわ</rt></ruby>す<ruby>城<rt>しろ</rt></ruby>の<ruby>跡<rt>あと</rt></ruby>

날씨가 차고 맑았다. 사람들이 실망하는 기색이었다. 정작 보고 싶은 것은 구름에 가려진 성이기에. 사람들이 "구름아, 나와라!"라고 중얼거렸다. 날이 밝으면서 성터, 주변 연산連山과 아랫마을이 선명해졌다. 산의 입체감이 살아날 정도로 해가 뜨자 많은 사람이 하산했다. 일부 사람은 계속 남아서 기다렸다. 홀연 구름 몇 조각이 나타나 성 쪽으로 느리게 흘러갔다. 기대만큼은 아니지만 작은 구름이 성채와 겹치며 신비감을 자아냈다.

찬 가을 아침

사람들 모두

운해를 기다릴 뿐

<ruby>朝<rt>あさ</rt></ruby>冷えやみな <ruby>雲海<rt>うんかい</rt></ruby>を <ruby>待<rt>ま</rt></ruby>つばかり

21. 오쿠하리마 가카시노사토

- 허수아비 모여 사는 산골 -

히메지시 야스토미정安富町 세키치구関地区에 사람과 '허수
아비'가 함께 모여 사는 산골 마을이 있다. 바로 '오쿠하리마
가카시노사토奧播磨案山子の里'다. 인구 감소로 쇠락하는 마을
이 아쉬워 주민의 일상을 담은 허수아비를 곳곳에 세워 '그리

운 고향'을 살려 놓았다. 2020년 11월 14일 마을 학교 게시판을 보니 총인구 426명에 주민이 130명, 허수아비가 125명이었다. 양쪽이 엇비슷했다. 창문으로 교실 안을 들여다보았다. 뒤쪽에 둘러앉아 수업을 참관하는 학부모 표정이 사뭇 진지했다. 허수아비도 부모 마음이었다.

깊은 산속에

허수아비 모여서

함께 살아가네

山奥に案山子同士の暮し哉

농가와 창고, 밭과 숲, 교실과 변소, 정류장 등 곳곳에 다양한 등신대 허수아비가 세워져 있었다. 허수아비는 제각각 익살스러운 표정과 실감 나는 동작을 하고 있었다. 나도 모르게 인사말을 건넸다. 물론 대답은 없었다. 구경꾼은 대부분 외지인이고 주민은 별로 보이지 않았다. 언젠가 정류장에 「버스를 기다리는 사람」 제목의 허수아비가 설치됐다. 운전기사가 매번 정류장에 차를 세워도 타는 사람이 없자, 버스회사가 '헷갈린다'며 마을 측에 허수아비 철거를 요청했다.

헷갈리누나

헛되이 길을 묻는

허수아비

まぎらはしむだに道とふ案山子かな

22. 하리마의 산마을

- 개울에 비친 유자 그림자 -

산으로 겹겹이 둘러싸인 '오쿠하리마奧播磨'를 보고 싶었다. 2020년 11월 14일 히메지시 야스토미정安富町으로 갔다. 인가가 드문드문해지는 세키치구關地区 산 쪽을 향해 차를 달렸다. 야스토미댐Dam을 지나자 계곡 따라 이어진 산복도로가

나오고 산봉우리가 눈앞으로 다가왔다. 단풍은 산을 물들이며 하늘로 번질 기세였다. 산 아래는 붉게 물들었지만, 상록수가 많은 위쪽은 여전히 푸르렀다. 소나무와 삼나무는 더욱 검게 반짝였다.

가을 산이여

소나무 삼나무는

더 검푸르다

秋山や松杉さらに青黒き

  산에서 내려오다가 '후루이케 주택古井家住宅'을 관람했다. 이 주택은 일본에서 가장 오래된 민가民家 중 하나로 무로마치 시대 지어져 '천년의 집千年の家'으로 불린다. 주택은 일본 전통 양식 '가야부키민가茅葺民家'로 거실 1실, 방 2실, 주방, 우사馬屋 등으로 구성된다. 옛날 불이 날 때마다 집안 돌에서 물이 뿜어져 나와 불을 껐기 때문에 '무재無災의 집'으로도 불린다. 히메지성 천수각天守閣을 지을 때는 좋은 기운을 위해 이 집 기둥 하나를 빼서 사용했다. 거실에 해당하는 '오모테おもて'에 앉았다. 바닥에 끌과 망치로 원목을 깎아 낸 자국이 또렷

했다. 햇살이 자국에 맑게 고였다. 거침없으면서도 섬세한 옛 목수의 손길이 느껴졌다.

오래된 집

끌 자국에 고이는

가을 햇살

<ruby>古<rt>ふる</rt>家<rt>いえ</rt></ruby>やほり<ruby>目<rt>め</rt></ruby>によどむ<ruby>秋<rt>あき</rt>日<rt>ひ</rt>影<rt>かげ</rt></ruby>

떠날 때 안내인 히로오카 씨가 마당에서 유자 3개를 따서 주었다. 차 안에 번지는 유자 향을 맡으며 산길을 달리는데 양 지바른 곳에 유자밭이 나왔다. 유자는 야스토미정의 특산품이

다. 완만한 산과 물든 숲 아래 개울 옆으로 농가 몇 채와 유자
밭이 보였다. 남녀 두 사람이 유자를 따고 있었다. 느리게 흐
르는 개울물에 연둣빛 유자 그림자가 비쳤다. '깊은 하리마'의
목가적인 풍경이었다.

딸 때마다 하나씩

개울에서 사라지네

유자 그림자

摘むたびに川に消えづつ柚子の影

귀로에 시소시宍粟市 사이조산最上山 공원의 '모미지야마も

みじ山'에 들렀다. 일본 100선의 단풍 명소로 다양한 수종의 단풍나무가 심겨 있다. 산 전체가 온통 빨강, 주황과 노랑으로 물들었다. 산허리께를 도는데 단풍이 시원한 '색채의 그늘'을 펼쳐 놓은 비탈이 나왔다. 햇빛이 색색의 잎을 투과하면서 회화적 공간을 만들었다. 그 아래 사람들이 잎을 줍거나 쓰러진 나무에 앉아 얘기를 나누었다.

빛나는 단풍

두 사람 말소리도

곱게 물드네

照り葉して二人の声も色づきぞ

23. 나루토 해협 우즈시오

- 소용돌이의 꽃 -

아와지시마와 시고쿠四国 사이 '나루토 해협鳴門海峽'에서 최대 지름 30미터의 소용돌이 조류가 발생하는데, 이를 '우즈시오渦潮'라고 한다. 우즈시오는 세토나이카이와 기이수이도紀伊水道를 오가는 밀물과 썰물이 서로 맞물리며 발생한다. '소용돌이의 꽃渦の花'이라고도 불린다. 도쿠시마현德島県은 우즈시오의 세계유산 등록을 추진하고 있다. 2019년 9월 16일 '간초센観潮船'을 타고 해협으로 나갔다. 나루토대교 아래 2개의 물결이 맞부딪혔다. 충돌로 동력을 얻은 물살이 커다란 원을 그리며 소용돌이를 일으켰다. 가운데는 움푹 파이고 원을 따라 흰 거품이 일었다. 다리 건너편 섬은 조용했다.

간초센에서

보는 가을 하늘

고요하구나

<ruby>観<rt>かんちょうせん</rt></ruby> 潮 船より<ruby>見<rt>み</rt></ruby>る<ruby>秋<rt>あき</rt></ruby>の<ruby>空<rt>そら</rt></ruby>しずか

　소용돌이는 최대치까지 확장한 후 점점 축소하다가 소멸하였다. 박진감 넘치는 현상이 여기저기서 반복되었다. 간초센이 우즈시오 생성의 기미가 있는 곳으로 접근했다. 큰 소용돌이가 일자 배가 요동쳤고, 바닷물이 배 안으로 넘쳐 들어와 옷을 젖게 했다. 사람들은 신기한 광경에 흥분했다. 막 확장하고 있는 소용돌이 언저리에 작은 배 한 척이 걸쳐졌다. 배는 금방이라도 휘말려 들어갈 것처럼 위태로워 보였다.

소용돌이

언저리에 뒤뚱대는

작은 배 한 척

渦潮の縁に踉跟めく小舟かな

24. 오사카만의 갈치 낚시

– 드래곤을 찾아서 –

　고베 남쪽 '오사카만大阪灣' 바다는 일본어로 '다치우오太刀魚'인 갈치 낚시의 메카다. 매년 10월 '오사카만 다치우오킹베틀大阪灣タチウオKing Battle'이 열린다. 낚시는 긴 바늘에 정어리나 꽁치를 철사로 묶어 미끼로 사용하는 '덴야テンヤ'기법을

쓴다. 2020년 9월 12일 새벽 5시 마이코舞子 어항에서 낚싯배에 올랐다. 배는 물살을 가르며 빠르게 내달렸다. 포인트에 도착하니 이미 수많은 배들이 모여 있었다. 해전에 임하는 함대를 방불케 했다. 아침 햇살 쏟아지는 수면에 물비늘이 출렁였다.

고깃배 모인

바다에 물결치네

가을 햇빛

船団の海にうねるや秋日差し

선장이 "수심 70미터!"라고 알리자 덴야가 일제히 내려졌다. 배 안이 조용해졌고, 꾼들이 정신을 집중하며 릴을 조작하기 시작했다. 얼마 지나지 않아 옆 아저씨의 낚싯대가 크게 휘어졌다. 경쾌한 전동 릴 소리가 이어지고 잠시 뒤 갈치가 모습을 드러냈다. 녀석은 물 밖으로 끌어올려 지며 은빛 몸통을 뒤틀었다. 갈치는 칼집에서 꺼내는 '검劍'처럼 번득였다.

가을 갈치여

거친 파도 자르던

은빛 검

タチウオや荒波切るる銀の大刀

　오사카만에 몸통 폭이 손가락 5개, 길이가 1.2미터가 넘는 대형 갈치가 산다. '드래곤dragon'으로 불리는 녀석은 수심 100여 미터의 깊은 곳에서 느리게 유영한다. 드래곤 낚기는 꾼의 로망이다. 한 꾼이 배 위로 드래곤을 낚아 올리곤 흡족해했다. 나풀거리는 등지느러미는 여인의 드레스 레이스처럼 투명하고 아름다웠다. 나도 정신을 가다듬고 줄을 놀리는데 덴야를

톡톡 건드리는 뭔가가 손끝에 느껴졌다. 승부의 순간이 왔다. 현악기를 연주하듯 릴을 가만히 다루며 머릿속에 '은빛 용'을 그렸다.

낚은 갈치

지느러미 눈부시다

가을이 깊어

太刀魚の鰭は眩しき秋深し

배는 낮 12시 30분 항구로 향했다. 갈매기가 후미를 득달같이 쫓아왔다. 미끼로 쓰던 정어리와 손질하고 남은 생선 조각을 바다로 내던지면, 그들이 잽싸게 날아와 채어 갔다. 한 꾼이 지친 몸을 돛대에 기댄 채 허공을 바라보고 있었다. 배 안에 싱싱한 비린내가 번졌다.

비린내 나는

뱃고물 따라붙네

가을 갈매기

<ruby>生<rt>なま</rt>臭<rt>ぐさ</rt></ruby>き <ruby>船<rt>ふね</rt></ruby>に <ruby>追<rt>お</rt></ruby>い <ruby>付<rt>つ</rt></ruby>く <ruby>秋<rt>あき</rt>鴎<rt>かもめ</rt></ruby>

25. 세토우치우시마도

- 금화를 줍는 바다 -

'세토우치우시마도瀬戸内牛窓'는 오카야마현의 작은 항구 도시다. 이곳은 에도 시대 어업과 조선업이 번성하여 '바람과 파도를 기다리는 좋은 항구'라는 명성을 얻었다. 기후와 풍광이 지중해와 비슷해 '일본의 에게해'라고 불린다. 2020년 11월

8일 우시마도항 잔잔한 바다에 마에지마前島, 구로시마黑島, 나카노코시마中ノ小島 등 작은 섬들이 평화롭게 떠 있었다. 오후 4시 해가 낮게 기울고, 수면은 금화를 뿌려 놓은 듯 눈부시게 반짝거렸다. 고깃배 한 척이 밤 조업을 위해 쩔렁거리는 금화를 흩트리며 출항하고 있었다.

우시마도여

쩔렁이는 금화 줍는

가을 저물녘

牛窓や金貨を拾ふ秋日暮れ

우시마도는 '조선통신사朝鮮通信使'의 기항지다. 조선통신사는 총 12번 행차 중 11번 이곳에 내렸다. 통신사 일행은 혼렌지本蓮寺에 묵으며 9편의 시를 남겼다. 통신사의 바닷길을 보기 위해 11월 9일 '우시마도올리브농원'으로 올라갔다. 쇼도시마, 데시마 등 세토나이카이의 주요 섬까지 한눈에 들어왔다. 싱그러운 올리브나무들, 옹기종기 모인 가옥들, 한적한 내항과 방파제, 빛나는 물결과 흘러가는 구름이 중층을 이루며 파노라마를 펼쳤다.

가을 바다여

조선통신사 시 읊던

섬 흘러가네

秋海や通信使の詩を島流れ

　고베로 돌아가기 위해 '오카야마블루라인岡山ブルーライン'
을 달리다가 석양과 굴이 유명한 '무시아케만虫明湾' 근처 가
타카미대교片上大橋에서 차를 멈췄다. 해안가 언덕으로 올라
가 고시마鴻島와 소시마曽島 쪽 바다를 내려다보았다. '가키이
까다牡蠣筏'라고 불리는 굴 양식용 '뗏목'이 떠 있었다. 뗏목은
사실 제자리에 서 있는데 일제히 출항하는 선단처럼 보였다.

당연히 뗏목에는 사공도 노櫓도 없었다. 수면 아래에서 제철
출하를 앞둔 굴이 탱글탱글하게 자라고 있으리라.

굴 양식 뗏목

가는 걸까 멈춘 걸까

사공이 없이

牡蛎筏行くか止まるか舟子なし

324

겨울 :

노천탕에
내려앉는
눈송이

1. 구거류지

– 그리스 열주의 전시장 –

　고베에 1868년 치외법권 지역인 '외국인 거류지'가 조성되었다. 영국인 기술자 존 윌리엄 하트John William Hart(1836~1900)가 이쿠타가와와 고이가와鯉川 사이 모래와 밭 지역을 126개 구역으로 나누어 설계했다. 그리고 서양 근

대 도시를 모델로 격자 거리에 양관洋館을 짓고 하수도와 가로 등을 만들었다. '구거류지'에 그러한 문명개화의 흔적이 남아 있다. 2020년 2월 29일 '가이간도리海岸通り'에서 구거류지 쪽을 바라다보았다. '3번' 고베해안빌딩과 '5번' 상선미쓰이빌딩 사이로 양관이 즐비했을 아카시초스지明石町筋가 곧게 뻗어 있고, 끄트머리로 겨울 산이 보였다.

3번과 5번

건물 사이 보이네

겨울 산

三番と五番の狹間に眠る山

    구거류지는 여전히 개방적이고 세련된 곳으로 '고베다운' 정취를 간직하고 있다. 고베시립박물관 '14번', 다이마루백화점 구거류지 '38번'이라고 하듯이, 현재 양관은 설계 당시 번호를 건물 이름과 함께 사용한다. 번호 자체가 전통이고 긍지다. '신코神港빌딩' 담장 밑 화분에 노랗고 하얀 팬지가 피어 있었다. 화분 옆면의 근대 유럽풍 의상 차림의 신사와 숙녀 도안이 개항 이후 유행했던 서양 문물의 단면을 보여 주었다. 벽에는 신코빌딩 고유번호 '8番'이 자랑스럽게 붙어 있었다.

8번 건물

담장 아래 피었네

겨울 팬지꽃

八番の垣根に咲くや冬菫
（はちばん　かきね　さ　ふゆすみれ）

구거류지 산책은 고대 그리스 건축 양식을 견학하는 일이
다. '주두柱頭(기둥과 지붕을 연결하는 부분)' 모양에 따라 분류
되는 도리아, 이오니아, 코린트 양식을 모두 구경할 수 있다.
2021년 2월 13일 돌아보니 이오니아 양식이 가장 많고, 고베
시립박물관이 도리아 양식이었다. 화려한 코린트 양식을 찾아
보았다. '50번' 구미쓰비시은행 자리 앞에 코린트 주두가 기념

비처럼 서 있었다. 주두의 아칸서스葉薊 꽃이 싱싱한 생화처럼 느껴졌다.

구거류지에서 가장 웅장한 기둥은 '59번' 건물의 것이다. 이 건물은 원래 '구고베증권거래소'였는데 현재 25층 '고베아사히빌딩'이 되었다. 부채꼴 현관 홀에 높이 7~8미터의 도리아 양식 열주 8개가 서 있다. 늦은 오후 미나토은행みなと銀行 본점과 램 산노미야RAM SANNOMIYA 빌딩 샛길로 들어서니, 그리스 신전을 연상시키는 늠름한 기둥들이 보였다. 연한 햇살이 열주를 비췄다. 좌측으로 조각가 신타니 에이코新谷英子의 청동 여인상 「가제오토風音」가 서 있고, 여인이 바라보는 열주 옆으로 고베의 멋쟁이들이 지나다녔다.

겨울 햇살

곱게 스며드네

오래된 기둥

冬の日の染み入る古き柱かな

2. 이쿠타신사

– 기도하는 사람들 –

　고베 사람들의 새해맞이를 보기 위해 2019년 12월 31일 밤 자정이 임박한 시각, '이쿠타신사生田神社'로 갔다. 1,800년 역사의 신사 주변에 먹거리와 부적 '오마모리お守り'를 파는 야타이屋台가 줄지어 있었다. 해가 바뀌는 순간 남쪽 진입로는 많

은 사람으로 붐볐다. 루문樓門 위에서 치는 고베타이고神戶太鼓 소리가 하늘로 울려 퍼졌다. 공중에 줄지어 매달린 '신등神燈'이 불을 밝혔다. 그 아래를 지나는 사람들 머리통도 빛났다. 각자 마음속 소망의 불이 켜졌다. 인간은 '기도하는 존재'다. 나도 인파에 떠밀려 경내로 들어갔다.

신등 불빛에

빛나는 사람 머리

새해 첫 참배

御灯に映える頭や初参

이쿠타신사에는 각기 다른 신神을 모시는 신전 15개가 있다. 신들은 성장, 안전, 농공업, 예능, 학문, 장사, 질병 등을 나누어 관장한다. '종합 신전'인 셈이다. 사람들은 자신의 고민이나 소원에 해당하는 신전으로 가서 기도한다. 사업의 성공을 비는 사람은 장사의 신이 모셔진 '히로코신사蛭子神社'를 찾는다. 2020년 1월 13일 '성인의 날' 늦은 오후 기모노 차림의 모녀가 노을 번지는 신사를 향해 걸어갔다. 딸은 성인으로서의 각오를 위해, 어머니는 그 딸을 위해 기도하리라.

겨울 노을 속으로

참배하러 가는

엄마와 딸

冬の入り日にお参りの母娘かな

일본에서 '덴만궁天満宮'이나 '덴만신사天満神社'는 '학문의
신' 스가와라 미치자네菅原道真(845~903)를 모시는 곳이다. 기
타노자카 오르막이 끝나는 산기슭에 '덴만신사'가 있다. 2021
년 1월 1일 아침 경내 지붕에 밤새 내린 눈이 하얗게 쌓여 있
었다. 2021년은 '흰 소'의 해라서, '소원 비는 곳願いかけ所'에
흰 소 조각상이 놓여 있었다. 아침이 밝자 사람들이 소 등에
손을 얹고 소원을 빌었다.

흰 소 등에

손 얹고 소원을 비네

새해 첫 풍경

·

<ruby>白<rt>しろうし</rt>牛</ruby>に<ruby>願<rt>ねが</rt></ruby>いをかける<ruby>初景色<rt>はつけしき</rt></ruby>

신사에서 아이의 성장을 비는 '시치고산마이리七五三詣り'
도 행한다. 이는 헤이안 시대 궁중에서 시작되었으며, 매년 11
월 15일 3살, 5살, 7살이 되는 아이에게 '하레기晴れ着'라 불리
는 전통 나들이옷을 입히고 신사에 와서 아이를 위해 기도하
는 풍습이다. 2021년 12월 3일 이쿠타신사에는 시치고산마이
리를 하러 온 가족이 많았다. 5살로 보이는 아이가 본당을 향

해 걸어가고, 어머니는 아이 촬영에 열중했다. 본당 앞에 다음 해 간지干支 '호랑이'가 그려진 '에마絵馬'가 세워져 있고, 지붕 위로 파란 구름이 떠 있었다.

아이 위한 기도 날

나들이옷이여

하늘엔 파란 구름

七五三晴れ着や空に青き雲

3. 산노미야센터가

− 발밑의 미술관 −

'산노미야센터가三宮センター街'는 고베에서 가장 번화한 쇼
핑가다. 센터가는 동서로 플라워 로드에서 고이가와스지까지
1～3쵸메로 구성되며 개성적인 가게들이 유행을 선도한다. 1
쵸메 길바닥에 설치된 「나침반」, 「고지도古地図」, 「만년력万年

曆」등 3개의 디자인이 상가에 인문학적 분위기를 더해 준다. 「나침반」주변에는 시애틀SEATTLE, 바르셀로나BARCELONA 등 고베시의 자매도시 이름 동판이 박혀 있다. 2020년 12월 19일 1쵸메 중간쯤 '영원의 시간을 새기는 달력永遠の時を刻む曆' 글귀가 박힌 「만년력」위로 쇼핑객이 분주히 지나다녔다.

스치는 사람들

향하는 곳 제각각

십이월

行きずりの向き方ちがふ十二月

1쵸메와 2쵸메 사이 센터가와 이쿠타 로드가 교차하는 구역에 조형물 4개가 설치되어 있다. 남쪽 모퉁이에는 조각가 구와하라 히로모리桑原巨守의 청동상 작품 「꽃의 소녀花の少女」가 있다. 한데 모은 두 손을 공중으로 치켜들고 서 있는 모습이다. 소녀의 손이 비어 있었다. 꽃은 감상하는 이의 마음속에 있다는 뜻인가? 빈손에 꽃 한 송이 놓아주고 싶었다. 마침 소녀상 옆 화분에 빨간 '꽃베고니아'가 피었다. 이 꽃은 일본어로 '슈가이도우秋海棠'다.

꽃베고니아 피었네

청동상 소녀의

빈손을 위해

<ruby>秋海棠<rt>しゅうかいどう</rt></ruby><ruby>像<rt>ぞう</rt></ruby>の<ruby>少女<rt>しょうじょ</rt></ruby>の<ruby>素手<rt>すで</rt></ruby>のため

　2쵸메는 14개의 아트 작품이 바닥 유리 덮개 아래 전시된 '스트릿뮤지엄'이다. 도예가 이치노 마사히코市野雅彦의 작품 「K·I·Z·U·N·A」를 감상했다. 갈색과 검정의 돌 두 개를 포개 놓은 단순한 것이었다. 작가의 말에는 "인연이란 것은 멋지다. 사람이란 것은 멋지다."라고 적혀 있다. 모양과 빛깔이 다른 두 개의 돌이 서로 포옹하고 있는 듯 보였다. 개성 있는

옷차림의 사람들이 작품 위를 무심히 지나다녔다. 따뜻한 겨울날이었다.

돌 두 개

서로 꼭 껴안았네

따뜻한 겨울

二つ石ぎゅっと抱き込む冬温し

4. 가와니시 히데의 고베 백경

– 목판에 새긴 열정 –

가와니시 히데川西 英(1894~1965)는 고베를 '사랑'한 화가다. 그는 고베에서 나고 자랐으며, 고베의 풍경과 예술적 열정을 목판에 새겼다. 대표작은 1937년 출간된『고베 백경神戸百景, One Hundred Scenes of Kobe』이다. 100개의 풍경을 과감한 구

도, 단순한 선과 면, 화려한 색채로 그려 냈다. 도시를 바라보던 애정 어린 시선이 느껴졌다. 그의 판화 2점을 '스테인드글라스'로 만든 작품이 산노미야센터가 2쵸메 아케이드 천정에 걸려 있다. 2020년 12월 19일 동쪽 입구의 「하이잔쵸보背山眺望」를 관람했다. 화면 위쪽 반은 산과 하늘, 아래쪽 반은 도심과 고가 철로를 배치했다. 그림 속은 초여름 같았다.

서쪽 입구의 「고우후칸港俯瞰」은 '바다'를 배경으로 한 고베가 주제다. 그림 속은 한여름 수와야마諏訪山 공원 쪽에서 내려다본 풍경 같았다. 근경으로 나무와 이진칸, 중경으로 도심의 건물들, 원경으로 바다를 배치했다. 주택의 다채로운 색과 바다의 쪽빛이 조화를 이루었다. 근해에 떠 있는 배들이 현장

감을 더해 주었다. 화면 위쪽을 쪽빛이 점점 짙어지는 그러데
이션으로 처리해서, 그 너머로 이어진 바다를 상상할 수 있다.

『고베 백경』의 풍경 중 크게 변한 곳도 있고 아예 사라진 곳
도 있다. 고베시청 홈페이지 '백 개의 풍경을 찾아가는 여행百
の風景をたどる旅' 코너에 원작 판화와 판화 속 실제 장소에서
촬영한 사진을 나란히 게재해 놓았다. 판화와 사진을 비교해
보는 것은 흥미로웠다. 2020년 12월 27일 작품「기타노北野」
현장을 찾아갔다. 판화와 같은 시점에서 내려다보았다. 왼쪽
으로 '구아보이 저택旧アボイ邸'이, 더 아래 오른쪽으로 '구삿
슨 저택旧サッスーン邸'이 보였다. 바다는 빌딩에 가려져 있고
차가운 하늘만 보였다. 사람들은 히데의 판화를 보며 고베의
옛 풍경을 그리워하리라.

추운 하늘아

히데가 사랑한 바다

보고싶구나

寒空よ英の恋しき海見たし

5. 고베 산노미야산치카

– 땅속의 산노미야 –

'고베 산노미야산치카神戸三宮さんちか'는 산노미야 일대 땅
속으로 뻗어 있는 지하상가다. 1~10번가와 아지노노랜味のの
れん 등 구획별로 패션, 구루메グルメ, 홈&라이프 등 9개의 테
마형 상가로 구성된다. 상가는 지하통로를 통해 Jr, 한큐, 한

신, 지하철 세이신·야마테센西神·山手線 등 4개 철도가 지나는 산노미야역으로 연결된다. 2021년 12월 4일 산치카 통로 양쪽 벽면에 걸린 광고판과 포스터가 다채로웠다. 그중에 액자 전면을 '초록' 단색으로 채운 세로형 포스터가 보였다. 하단에 'BE KOBE' 문구가 있었다. 고베를 감싼 '롯코산'의 이미지를 표현한 듯했다.

롯코산이여

겨울에도 여전히

푸르른 빛깔

六甲や冬でもやはり緑色

통로를 따라 지하철역으로 가다 보니, 이번에는 전체가 '파랑'으로 채워진 가로형 포스터가 보였다. 역시 하단에 'BE KOBE' 문구가 있었다. 고베 남쪽으로 열린 '세토나이카이'를 주제로 한 것 같았다. 쪽빛 가득한 '액자의 바다'는 온화한 '고베오키神戸沖'를 닮았다. 사람들이 액자 앞을 부지런히 지나다녔다. 액자 속에서 그림자가 일렁였다. 눈을 감자 잔잔한 파도가 밀려왔다.

인파 속에서

잔잔한 고베 바다

떠오르누나

<ruby>人<rt>ひとなみ</rt></ruby>波に<ruby>沖<rt>おき</rt></ruby>の<ruby>冬凪<rt>ふゆな</rt></ruby>ぎ<ruby>浮<rt>う</rt></ruby>かびけり

'아지노노렌'에는 우동, 스시, 돈가스 등을 파는 식당 20여 개가 즐비했다. 그중에 '슈보나다酒房灘'가 보였다. '나다灘'는 일본 최대 사케 생산지다. 하얀 포렴을 걷고 안으로 들어갔다. 메뉴판을 훑어보다 '가스지루粕汁'에 눈길이 멈췄다. 이는 술을 양조하고 남은 술지게미인 '사케가스酒粕'로 끓여 낸 요리다. 펩티드와 아미노산 등 영양소가 풍부하며 고베에서 겨울

한철 맛볼 수 있다. 가스지루 정식을 주문하자, 무, 당근, 곤약 등을 넣고 끓여 낸 요리가 나왔다. 술내가 풍기고 국물에서 술맛이 났다. 옆자리 사람은 낮술 때문인지 가스지루 때문인지 얼굴이 벌겠다.

술지게미 국이여

포렴 안쪽엔

술내가 풀풀

粕汁やのれんの内に酒臭き

6. 메리켄파크

- 고개 숙인 가로등, 춤추는 잉어 -

'메리켄파크メリケンパーク'는 고베항의 대표 명소다. 중방파제中突堤와 구旧아메리칸 부두 사이에 있는 공원에 고베포트타워, 해양박물관, 오리엔탈호텔, BE KOBE 모뉴멘트 등 시설이 여유롭게 배치되어 있다. 구아메리칸 부두에는 1995년

지진 때 파손된 가로등, 방파제 등 시설을 그대로 둔 채 '고베 항 지진 메모리얼파크神戸港震災メモリアルパーク'를 조성했 다. 2020년 2월 9일 저물녘 메모리얼파크 가로등이 묵념 자세 를 취한 듯 20도가량 기울어져 있었다. 수직의 포트타워 너머 로 해가 지고 있었다. 저 가로등에도 불이 켜지면 좋을 텐데.

겨울 가로등

지난 어느 슬픔의

각도일까나

冬灯は此の悲しさの角度かな

공원 북쪽 입구에 높이 22미터의 조형물「피시 댄스ㅍㅣ ㅅ ㅣ ㅠ댄스」가 있다. 미국 건축가 프랭크 게리Frank Gehry의 1987 년 작품으로 잉어가 힘차게 튀어 오르는 모습이다. '고이가와 스지鯉川筋'의 '고이鯉', 잉어를 모티브로 했다. 잉어가 밋밋한 주변 빌딩을 압도했다. 원래 재질이 은빛 스틸인데 오랫동안 비바람에 녹이 슬어 붉은빛이 되었다. 단단한 비늘로 뒤덮인 잉어가 주둥이와 꼬리지느러미를 하늘로 치켜세웠다. 지나가 는 사람은 으레 '춤추는 잉어'를 한 번씩 올려다보았다.

겨울 하늘에

높은 파도 일으키네

잉어의 댄스

冬空に高波立つや鯉ダンス

7. 하버랜드

– 출항의 노래 –

　메리칸파크 서쪽 '하버랜드ハーバーランド'는 선박 입출항 기능을 유지하면서 산책과 쇼핑을 즐길 수 있도록 조성한 워터프론트다. 고베항, 하마여객터미널, 구고베항신호소 등 항구 시설은 물론, 모자이크, 우미에umie, 스페이스극장, 앙팡맨

뮤지엄 등 상업 및 유락 시설이 함께 배치되어 있다. 2020년 2월 22일 오후 하마여객터미널의 여객선 '콘체르토ㅋㄴㅊェㄹㅏ' 앞에서 남성 6인조 중창단이 공연을 했다. '출항'에 앞서 노랫소리가 뱃길을 열어 주었다.

겨울 바다로

향해가는 출항의

노래 부르네

冬海へ向かふ出船の歌うたふ

하버랜드에서 고베역으로 걸었다. 지하상가 '듀오고베Duo Kobe'의 중앙 광장에 '스트릿 피아노Street Piano'가 놓여 있다. 고베에는 듀오고베 외에도 산치카さんちか 지하상가, 가모메리아 등 여러 곳에 스트릿 피아노가 비치되어 있다. 한 중년 남자가 '퀸Queen'의 「love of my life」를 연주했다. 사람들이 하나둘 걸음을 멈추고 모여들었다. 즉석 연주가 잠시 여유를 선사했다. 감미로운 선율이 갈림길로 퍼져 나갔다.

354

겨울 길거리

피아노 소리에

발소리 잠잠

<ruby>冬街<rt>ふゆまち</rt></ruby>のピアノで<ruby>和<rt>な</rt></ruby>ごし<ruby>足<rt>あし</rt></ruby>の<ruby>音<rt>おと</rt></ruby>

　하버랜드를 비스듬히 가로지르는 700미터의 가로수 길은 '가스등거리ガス燈通り'로 불린다. 개항기 가스등을 모티브로 했다. 밤이면 가로등과 가로수에 설치된 10만 개의 LED 조명이 일루미네이션을 펼친다. 2020년 2월 29일 밤비 내리는 마쓰카타홀松方ホール 앞에 기타 치며 노래하는 엘비스 프레슬리Elvis Presley(1935~1977) 동상이 서 있었다. 동판에 '엘비스

는 영원하다' 문구가 보이고, 그의 발 앞에 아직 싱싱한 꽃다발이 놓여 있었다. 빗물에 젖은 보도가 반짝였다. 어디선가 「It's now or never」가 흘러나왔다. 〈지금이 아니면 영영 기회가 없어요!〉. 엘비스의 어깨도 젖고 노래도 젖고 있었다.

가스등도

노래도 젖어 드네

밤 겨울비

ガス灯も歌も濡れるる小夜時雨

8. 모토마치 상점가

- 차향 그윽한 상가 -

'모토마치元町 상점가'는 고베에서 가장 오래된 상가로 JR 모토마치역에서 고베역까지 1.2킬로미터 이어진다. 1번가와 3~6쵸메로 구성된 상가에 총 300여 개의 현대적인 가게와 노포老舗가 융합되어 '새롭고 그리운 거리新しくて懷かしい街'

를 형성한다. 글라스 아트 작가 미우라 게이코三浦啓子의 작품 「라 루체ラ・ルーチェ」가 입구에서 간판 역할을 한다. 2020년 12월 19일 저녁 라 루체의 색감이 화려하게 살아났다. 무지개가 걸린 듯 보였다. 작품 속 도형이 푸르스름한 하늘, 가로등, 네온사인 등과 어우러져 산뜻한 초저녁 풍경을 연출했다.

모토마치여

무지갯빛 번지는

겨울 저물녘

もとまち　にじいろ　　　　　ふゆ　くれ
元町や虹色にじむ冬の暮

상점가에는 히라무라平村 사진관, 가메이도龜井堂 본점 등 100년 이상 된 노포가 많다. 1830년 개점한 '호코도放香堂'는 우지차宇治茶 등 일본차 전문점인데 일본 최초로 커피를 팔았다. 초기에는 커피콩을 맷돌石臼로 갈았다. 호코도 앞에 차 볶는 연기가 피어오르고 구수한 차향이 흩날렸다. 안으로 들어가니 벽면에 색 바랜 옥호屋号가 걸려 있고, 차를 담던 항아리 '차쓰보茶壺'가 옛 상표를 붙인 채 진열되어 있었다. 차쓰보에 차를 담아 해외에 수출했다가 돌아올 땐 인도산 커피콩을 담았다고 한다. 뚜껑을 열면 차향과 커피 향이 함께 풍길 것 같았다.

차 항아리에서

풍기는 커피 향기

연말 시장

<ruby>茶壺<rt>ちゃつぼ</rt></ruby>より<ruby>珈琲<rt>こーひー</rt></ruby>の<ruby>香<rt>か</rt></ruby>や<ruby>暮<rt>くれ</rt></ruby>の<ruby>市<rt>いち</rt></ruby>

'모토코モトコー, MOTOKO'는 JR 모토마치역－고베역 구간의 고가 밑 상점가로, 모토마치상점가와 평행을 이룬다. 2020년 12월 20일 1번가에서 7번가까지 좁고 길게 이어진 상가에 옷,

장식품, 잡화 등의 가게가 열려 있었다. 1번가 중고가게 음반 표지에서 '테레사 텅鄧麗君(1953~1995)'을 발견했다. 대만 출신인 그녀는 1980년대 일본에서「세월의 흐름에 몸을 맡김時の流れに身をまかせ」등 노래로 큰 인기를 누렸다. 한국에서도「월량대표아적심月亮代表我的心」,「첨밀밀恬密密」등으로 잘 알려져 있다. 둥근 얼굴을 보니 〈달빛이 내 마음을 대신 말해 줄 거야!〉라고 속삭이던 고운 목소리가 귓가에 울려왔다.

그립구나

옛날 음반에 담긴

달빛의 노래

なつかしや古音盤に月の歌

9. 난킨마치

– 차이나타운의 설날 –

    고베 '난킨마치南京町'는 차이나타운으로 장안문長安門, 서
안문西安門, 해영문海榮門이 각각 동, 서, 남쪽의 입구가 된다.
평소 국내외 관광객으로 북적이는 난킨마치의 역사는 고베 개
항 이후 화교들이 외국인 거류지 서쪽 지역西隣에 정주하면서
시작되었다. 2020년 1월 25일 '춘절제春節祭' 프로그램으로 중
앙 광장에서 중국 전통 공연이 펼쳐졌다. 먼저 새해의 복을 기
원하는 '용춤龍舞'이 진행되었다. 단원들이 광장 여기저기를
돌아다니며 용의 움직임을 다양하고 생동감 있게 연출했다.
용을 조작하는 철봉이 휘어질 정도로 역동적이었다.

새해맞이

용이 몸을 둥글게

비틀며 나네

<ruby>年<rt>としむか</rt></ruby>迎ふ<ruby>龍<rt>りゅう</rt></ruby>は<ruby>丸<rt>まる</rt></ruby>めて<ruby>翔<rt>しょう</rt></ruby>ちにけり

　다음 공연은 여러 얼굴로 변신하는 기예技藝 '변검変臉, へんれん'이었다. 신기한 볼거리여서 많은 사람이 모여들었다. 변검술사가 긴장감 있는 음악에 맞춰 현란한 동작을 취하고 망토를 휘날리며 군중의 시선을 사로잡았다. 그는 광장과 정자 위를 민첩하게 오가며 순식간에 얼굴을 바꾸었다. 그때마다 탄성을 터졌다. 10여 개의 얼굴은 각기 다른 개성과 표정을

가지고 있었다. 그는 정자에 올라 마지막 인사를 하며 민낯을
보여 주었다. 보통 사람의 하얀 얼굴이었다.

변검술사의

민얼굴 하얗구나

새해가 밝아

変れんの素顔は白し年明けて

난킨마치의 100여 개 가게 중 가장 붐비는 곳은 4대째 이어
오는 '로쇼키老祥記'다. 로쇼키의 중화만두中華饅頭 '부타만豚
饅'은 숙성시킨 피皮 속에 다진 돼지고기를 넣고 찐 것으로 독

특한 풍미를 자랑한다. 사람들은 이 맛을 위해 줄을 서는 수고를 감내한다. 난킨마치상인조합이 매년 11월 11일 개최하는 'KOBE 부타만서밋트'에는 전국 각지 사람들이 모여든다. 빨간 포렴 앞에 긴 줄이 이어지고, 안에서 직원들이 숙련된 손놀림으로 둥글고 흰 만두를 빚고 있었다.

강처럼 긴 줄

달처럼 둥근 만두

음력 설날

<ruby>川<rt>かわ</rt></ruby>の<ruby>列月<rt>れつつき</rt></ruby>の<ruby>饅頭<rt>まんじゅう</rt></ruby>|||<ruby>正月<rt>きゅせいがつ</rt></ruby>

10. 긴하이모리이혼텐

- 모나리자의 목로주점 -

'이자카야居酒屋'는 술과 안주를 저렴하게 파는 선술집이다. 고베의 전통 있는 이자카야의 하나로 1913년 개업한 '긴하이모리이혼텐金盃森井本店'이 꼽힌다. 2021년 2월 19일 저녁 혼텐은 고가 철로와 이쿠타 로드가 교차하는 애매한 곳에 있었다. 고가 아래 의류점, 주점 등 작은 가게들이 줄지어 있고, 혼텐 간판은 수줍어서 숨어 있기라도 한 듯 고가 구조물과 복권 판매대에 가려져 있었다. 고가 바로 밑에 와서야 가게를 찾을 수 있었다. 노을 저무는 겨울밤 가게 안쪽 따스한 불빛이 창밖으로 새어 나왔다. 술꾼이 하나둘 흰 포렴을 들추고 안으로 들어갔다.

겨울밤이여

숨겨진 목로주점

술꾼만이 찾아오네

冬の夜や隠れ酒屋は上戸のみ

　미닫이문을 열고 들어갔다. 우측에 주방이 있고, 왼쪽 홀
에 바텐과 테이블 3개가 놓여 있었다. 손님은 대개 혼자이거
나 두 사람 단위였다. 바텐에 앉았다. 주방에서 요리사와 보조
가 밀려드는 주문에 손을 재게 움직이고, 서빙 하는 여자가 홀
을 바빠 오갔다. 히사모토 기조久元喜造 고베시장의 책,『고베
잔에이神戸残影』에 소개된 대로 하나씩 주문했다. 먼저 '야키

도리焼鳥'에 '기린 클래식 라거'를 시켜 마셨다. 취기가 살짝 돌았다. 이어서 '사바콘부시메鯖昆布締め'를 안주로 '다루사케樽酒'를 마셨다. 다루의 나무 향기가 술 향기를 압도했다. 알맞게 숙성된 고등어 회에서 다시마 향이 났다. 입안에서 나무, 술과 안주 내음이 어우러져 감돌았다.

생선회에서

다시마 내음이 나네

겨울 선술집

鱠より昆布の匂や冬酒場

혼자 술잔을 기울이다가 왼쪽 벽면의 기모노 차림 여인과 마주쳤다. 색 바랜 포스터 속에서 '일본 미인美人'이 묘한 미소를 짓고 있었다. 주인이 니혼슈 브랜드 '긴하이金盃'의 초기 광고 모델이라고 했다. 그렇다면 '백 년의 미소'가 아닌가! 그녀에게 '산노미야의 모나리자'라는 별명을 붙여 주었다. 그녀와 눈을 맞추며 건배했다. 취기가 온몸으로 퍼졌다. 이번엔 긴하이 '다이킨조나마자케大吟釀生酒'를 마셨다. '나마자케'는 열처리를 하지 않아 맛과 향이 신선하고 부드럽다. 열차가 지날 때마다 덜커덩거리는 울림이 전해져 왔다. 잔 속의 술도 미세하게 흔들렸다. 취기가 오르고 밤이 깊어 갔다.

술 재촉하는

열차의 흔들림이여

차고 맑은 별

酒を迫る列車の揺れや星さゆる

11. 산로쿠 전등 장식

– 밤의 이정표 –

'산로쿠덴쇼쿠山麓電飾'는 산비탈에서 도시를 향해 불을 밝히는 전등 장식이다. 시쇼잔市章山에 고베시 '휘장市章', 이까리야마錨山에 '닻', 도도쿠산堂德山에 '기타마에부네北前船' 등 3가지 형상 등불이 일몰부터 밤 11시까지 켜진다. 2021년 1월

30일 저물녘 '산센터플라자サンセンタープラザ' 4층 창가에서 산 쪽을 바라보았다. 낮과 밤이 교차하는 시간, 빌딩 너머 산기슭에 '닻'과 '시 휘장' 그림 등燈과 'KOBE' 문자 등이 나란히 떠올랐다. 건물들 아래는 아직 사람이 오가고, JR 히메지행 열차가 도심을 가로지르며 달려갔다.

낮과 밤

사이에 불 밝히는

겨울 등불

<ruby>昼夜<rt>ひるよる</rt></ruby>の<ruby>間<rt>あいだ</rt></ruby>に<ruby>点<rt>とぼ</rt></ruby>す<ruby>冬<rt>ふゆ</rt></ruby><ruby>灯<rt>ひ</rt></ruby>かな

시 휘장은 1967년 개항 100주년, 닻은 1981년 포트아일랜드박람회, 기타마에부네는 1989년 시제市制 100주년을 각각 기념해서 설치됐다. 기타마에부네는 에도 시대 세토나이카이와 홋카이도 간 교역에 사용되던 배였다. 도도쿠산에 배의 정면, 옆면, 'KOBE' 문자 등燈 3개 전식이 20분 간격으로 순환 점등된다.

2021년 2월 20일 추운 밤 기타노자카 남단에서 산 쪽을 올려다보니, 돛을 펼친 범선이 떠 있었다. 범선은 차고 투명한 어둠을 물결 삼아 항해하고 있었다. 배가 뒤뚱거릴 때마다 네온 물살이 출렁였다.

추운 겨울밤

네온의 물결 위로

배가 떠가네

<ruby>寒<rt>さむ</rt></ruby>き<ruby>夜<rt>よ</rt></ruby>やネオンの<ruby>波<rt>なみ</rt></ruby>に<ruby>船浮<rt>ふねうか</rt></ruby>ぶ

밤이 깊어지자 전식이 또렷해졌다. 범선 지나간 자리에 'KOBE' 글자가 떠올라 산노미야를 내려다보았다. 전식은 도심 어디에서나 볼 수 있으며, 높이가 확보되면 전식 3개를 동

372

시에 볼 수 있다. 전식은 고베에서 밤의 '이정표' 역할을 한다. 한신아와지 대지진 당시 정전이 된 밤에 주민들은 산로쿠덴쇼쿠 불빛을 보며 위안을 받았다고 한다.

12. 긴세이다이

- 샛별에 스치는 찬 바람 -

1874년 고베에서 프랑스 천문학자 피에르 장센Pierre Janssen(1824~1907)이 금성의 태양면 통과를 관측했다. 그 자취가 수와야마 공원 '긴세이다이金星台'에 남아 있다. 긴세이다이에서 '사랑의 열쇠모뉴멘트愛の鍵モニュメント'로 가는 등산

로에 나선형 초록빛 다리가 놓여 있다. 다리 이름 '비너스 브릿지Venus bridge'도 금성에서 따왔다. 우아한 곡선의 다리 자체가 시가지와 바다로 탁 트인 전망대다. 2020년 1월 4일 다리 난간에서 한 쌍의 연인이 지는 해를 바라보고 있었다. 그들은 잠시 밀어를 속삭이다가 떠나갔다.

아름답구나
연인들 뒤로 번지는
겨울 석양

優しさや二人の後に冬西日

긴세이다이는 산비탈을 깎아 평평하게 다져 놓은 곳이다. 어둠이 깔리자 도심과 항구의 화려한 야경이 펼쳐졌다. 잠깐 사이 남서쪽 하늘에 별 하나가 떠올랐다. '금성'인 듯했다. 140여 년 전 프랑스인의 파란 눈이 바라보던 밤하늘이었다. 기온이 떨어지고 차가운 바람이 불어왔다. 샛별이 몸을 떨었다. 뭇별도 하나둘 뜨기 시작했으나 이내 구름에 빛을 잃었다. 지상에서는 수많은 창이 숨을 쉬고, 창밖으로 새어 나온 불빛들이 소곤거렸다.

금성도 추워서

몸 움츠리는

서리 내린 밤

金星も身を竦める霜夜かな

13. 고베중앙도매시장

– 밀감 향기 퍼지는 새벽 –

'고베중앙도매시장神戸中央卸売市場'은 '고베의 부엌'으로 불린다. 2020년 12월 26일 새벽 5시 수산물시장 상인들이 활어를 수조에 넣거나 참치를 해체하는 등 바삐 움직였다. 손님들은 생선을 고르기 위해 가게를 돌아다녔다. 한 가게 앞에 길이

70여 센티미터의 연갈색 물고기가 놓여 있었다. 상인이 다가와 "구에クエ, 28만 엔!"이라고 말하며 호객을 했다. 한국에서도 고급 어종인 다금바리다. 구에 머리에 '게이슌迎春'이라고 쓰인 새해맞이 장식이 걸려 있었다. 요 녀석은 귀한 집 새해 잔칫상에 오르게 되리라.

신춘이여

귀하신 다금바리

몸치장했네

はつはる　とうと　　　　かざ　つ
初春や尊きクエに飾り付け

서쪽 청과물시장으로 이동했다. 가게가 이어진 아케이드를 지나 창고 구역에 과일, 채소 등이 담긴 상자가 산더미처럼 쌓여 있었다. 와카야마현의 아리타有田 밀감, 나가노현長野県의 이치다市田 감, 홋카이도의 기타미北見 양파 등 전국 특산품이 한데 모여 있었다. '모토라モ—トラ'라고 불리는 운반차가 청과물 상자를 싣고 이 구역 저 구역을 누비고 다녔다. 모토라가 지날 때마다 귤 향기가 흠씬 풍겼다. 과일 향이 새벽 공기에 섞여 사방으로 퍼져 나갔다.

청과 운반차

귤 향기 사방으로

실어 나르네

モートラが蜜柑の香り運びけり

이번엔 수산물 경매 구역으로 가 봤다. 경매는 이미 끝났고 한쪽에 빈 스티로폼 상자가 수북이 쌓여 있었다. 싱싱한 생선이 가득했을 바닥은 물에 젖어 있었다. 동남쪽 출입구를 통해 아침노을이 경매장 안으로 밀려왔다. 상인들이 생선을 모토라나 카트에 싣고 노을 걷히는 아침을 향해 빠져나갔다.

겨울 아침노을

밀려와서 고이네

어시장 바닥

冬の朝焼け寄せて溜る魚市場

14. 아리마

- 수증기 자욱한 마을 -

롯코산 산골에 자리한 '아리마有馬'는 일본 최고最古의 온천 마을이다. 아리마 온천은 철분, 염분, 탄산과 유황 등 성분이 다양하다. 까마귀 3마리가 웅덩이에서 상처를 치료하는 것을 보고 발견했다는 고사가 말해주듯 온천 치료 '도지湯治'로 번

성했다. 2020년 12월 30일 아리마의 원천을 둘러보았다. 염분 농도가 일본에서 제일 높은 금천金線의 원류 '고쇼센겐御所泉源'은 주택 사이에 숨어 있었다. 찬 바람이 불고 성긴 비가 내리는 가운데 97℃ 원천은 땅속 165미터에서 수증기를 뿜어 댔다. 흰 수증기가 좁은 골목으로 흩어졌다.

추운 바람에

수증기 자욱한

아리마 마을

寒風に湯けむりこもる有馬かな

'단산센겐炭酸泉源' 온천수는 식용으로, 옛날에는 설탕을 넣어 사이다를 만들었는데, 지금은 '센베이煎餅'를 만든다. 유모토자카湯本坂를 따라 내려오다가 단산센베이 원조 '단산센베이혼케미쓰모리혼포炭酸煎餅三津森本舖'가 나왔다. 가게 안쪽에서 직원이 센베이를 만들고 있었다. 유리창에 아리마 홍보 포스터가 붙어 있었다. 다니자키 준이치로谷崎潤一郎의 소설 『세설細雪』 속 넷째 딸 '고이상こいさん'이 홍보 모델이다. 자유분방한 그녀가 호기심 어린 눈으로 차창 밖 거리를 내다보고,

온천 객은 소박한 센베이 내음 흩날리는 골목을 한가로이 걷고 있었다.

고운 얼굴에

어리는 연말

온천여행의 추억

恋さんの顔に年湯の名残かな

아리마에 '지팡이 버리는 다리杖拾橋'가 있다. 옛날 사람들은 지팡이를 짚고 아리마에 왔다가 떠날 때는 다리 아래로 버렸다고 한다. 온천으로 병이 나아서. 온센신사温泉神社에서 매년 3월 10일 '지팡이 버리기 축제'가 열린다. 쓰에스테자카杖捨坂를 따라 다리로 갔다. 다시 마을로 내려오다가 들른 '우표切手문화박물관' 정원에 작은 대숲이 있었다. 쭉쭉 뻗은 대나무 사이를 걷는데, "옛날 버려진 지팡이들이 이렇게 자라난 건 아닐까?" 하는 의문이 들었다. '슥—슥—' 댓잎 쓸리는 소리가 들렸다. 바람이 세어지자 나무끼리 몸통을 부딪치며 '텅—텅—' 소리를 냈다. 차고 투명한 소리가 메아리쳤다.

초겨울 찬 바람

지팡이 버리던 땅에

댓잎 소리

木枯らしや杖捨元に竹の音

15. 나다구의 언덕길

– 오르막과 내리막의 표정 –

고베는 '언덕길의 도시'다. 히가시나다구東灘区에서 다루미구垂水区까지 북남 방향으로 늘어선 언덕길들이 도시의 뼈대를 이룬다. 각 언덕길은 경사도, 자연경관, 마을 구성 등에 있어서 저마다 특징을 가졌다. 2020년 12월 12일 '나다구의 언덕길灘区の坂道'을 탐방했다. 한큐덴테쓰 오지王子공원역에서 출발하여 '고베고등학교'를 향해 걸어 올라갔다. 주택가를 지나 '지옥언덕地獄坂' 구간부터 직선의 급경사였다. 남학생 어깨에 멘 가방이 무거워 보였다. 지옥언덕은 이 길로 등교했던 학생들의 장난스러운 작명인 듯했다. 10여 분 오르니 숨이 차올랐다. 고개를 뒤로 돌리자 눈앞에 바다가 펼쳐졌다. 언덕 끝 누런 산 너머로 하늘이 파랬다.

　산비탈 중턱 학교 안으로 들어갔다. 바다 쪽으로 시원하게 다져진 운동장에서 럭비부가 연습경기를 하고 있었다. 그 너머 나다灘 바다 위로 햇살이 쏟아졌다. 선수들이 스크럼을 짜고 공을 던지고 달렸다. 격렬한 몸싸움에 흙먼지가 피어올랐다. 황톳빛 그라운드에 발자국, 땀 얼룩 등 역투의 흔적이 늘어났다. 역광 속에 질주하는 청춘이 눈부시게 빛났다.

겨울 햇살이여

흙먼지 속에 빛나는

발자국

冬の陽や土の煙りに足の跡

지옥언덕 동쪽에 경사가 완만한 '사쿠라터널桜のトンネル'이 있다. 200여 미터의 언덕길은 봄이면 벚꽃 구경을 위해 많은 연인이 찾아와 '로망스언덕ロマンス坂'으로 불린다. 길 양편 나무들이 검푸른 가지를 기울여 터널을 만들었다. 얼마쯤 남은 황갈색 잎들이 연한 햇살에 곱게 빛났다. 바닥에는 커다란 나무 그림자가 드리워졌다. 언덕을 내려가는 사람이 점점 작아지다가 사라졌다. 벚나무 잎은 봄부터 겨울까지 연두에서 시작해서 초록과 빨강을 거쳐 갈색으로 변한다. 일본에는 잎 색깔의 변화를 즐기는 풍류가 있다.

길 가는 사람

모습이 작아지네

나목 그림자

行く人の姿ちいさく冬木影

16. 고베루미나리에

– 종소리로 밝히는 등불 –

매년 12월 히가시유엔치東遊園地에서 '고베루미나리에神戸
ルミナリエ'가 열린다. 이 행사는 한신아와지 대지진 희생자에
대한 진혼과 부흥의 의지를 담고 있다. 일루미네이션 설계는
이탈리아 예술가가 맡는다. 2019년 12월 6일 저녁 50만 개의
LED와 백열등 전구가 어둠 속에서 점등을 기다렸다. 소학교
학생들이 축가「행복을 운반할 수 있도록しあわせ運べるよう
に」을 불렀다. 이 노래는 니시나다西灘소학교 교사 우스이 마
고토臼井真가 지진 당시 티브이에서 파괴된 산노미야를 보고
상실감에 젖어 지었다. 지금도 사람들은 이 노래로 위로와 용
기를 얻는다. 이어서 효고현지사, 고베시장, 학생 대표가 종을
울리는 순간, 전구에 일제히 불이 들어왔다. 학생들 얼굴도 환
해졌다.

종소리 울려

밝히는 등불이여

루미나리에

鐘の音に点る明りやルミナリエ

　일루미네이션 관람에 나섰다. 작품은 대문 격인 「후론토네
フロントーネ」, 빛의 회랑 「갤러리아ガレリア」, 빛의 벽걸이 「스
빠리에라スパッリエーラ」, 빛의 교회 「가사알모니카カッサアル
モニカ」 등으로 구성되었다. 인파의 흐름을 따라 후론토네를
지나 갤러리아를 걸으며 밤하늘에 수놓은 형형색색 등불을 구
경했다. 머리 위로 고운 빛이 축복처럼 쏟아졌다. 사람들이 세

례 의식을 치르듯 느린 걸음으로 회랑을 통과했다. 최종 지점 '빛의 교회'에 도착하자 사람들이 서로 격려의 말을 나눴다.

사람들에게

빛의 세례를 주네

루미나리에

人々に灯の洗礼やルミナリエ

2021년에는 코로나19의 영향으로 루미나리에 대신 '장미창 거리 전시회ロソーネまちなかミュージアム'가 열렸다. 역대 루미나리에 행사 시 '빛의 교회'에 걸었던 장미창 9개를 히가시

유엔치, 메리켄파크, 산노미야센터가 등 7곳에 전시했다. 12월 5일 밤 히가시유엔치에서 1995년 첫 루미나리에 때 사용했던 작품명 'AUGURIO 希望' 장미창을 감상했다. 여러 빛깔 등불이 일정한 규칙하에 배열되어 있었다. 차고 맑은 공기 속에서 장미창이 영롱하게 빛나며 희망의 메시지를 전했다. 사람들이 그 메시지를 스마트폰에 담았다.

차고 맑은 밤

눈동자에 비치는

등불의 시

さゆる夜や瞳に映す灯の詩

17. 한신아와지 대지진 117쓰도이

- 등롱 아래 간절한 손 -

    고베에서는 매년 1월 17일 '한신아와지 대지진 쓰도이阪神淡路大震災集い'를 개최하여 희생자를 추도한다. 1995년 1월 17일 05:46 진도 7.3의 지진으로 6,434명이 희생되었다. 고베는 '창조적 부흥'을 기치로 복구 노력을 기울여 왔다. 그 상징 '위령과 부흥의 기념비慰霊と復興のモニュメント'가 히가시유엔치에 서 있다. 2021년 1월 17일 '1.17 쓰도이1.17のつどい' 주제는 "힘내자 1.17かんばろう1.17"이었다. 5시 46분 '등롱灯籠'에 둘러앉은 사람들이 두 손을 모으고 묵념했다. 사람들의 손이 간절해 보였다. 새벽어둠 속에서 동이 터왔다.

사람들 합장에

겨울 먼동 밝아 오는

추도회

合掌に冬の夜明けるつどい哉

등롱은 대나무로 된 '다케도로竹灯籠'와 종이로 된 '가미도로紙灯籠'를 사용했다. 등롱에 生, 命, 心, 夢, 絆, 繫ぐ 등 추모와 기원을 나타내는 글자가 쓰여 있었다. 사람들이 등롱에 촛불을 넣거나 무릎을 꿇고 기도하며, 저마다의 방식으로 추모했다. 그들은 위로와 희망의 연대에 동참하려는 사람들이다. 나도 등롱 앞에서 잠시 애도를 표했다. 모든 아픔과 상처가 치유되기를. 다케도로 안쪽 촛불이 흔들리며 '삶生' 글자를 환히 비췄다.

등롱 불빛에

'삶' 글자 선명하다

겨울 아침

灯籠に生と字冴える冬の朝

고베 거리를 걷다 보면 시곗바늘이 5시 46분에 '멈춘' 벽시계를 만나게 된다. 이는 지진 발생 시각을 가리킨다. 니시노미야시西宮市 다이에한신니시노미야ダイエー阪神西宮 지점 앞에도 멈춘 시계가 있다. 지진으로 파괴된 주오中央 상점가 아케이드 시계로 '멈춘 시계 모뉴멘트止まった時計モニュメント'를 세웠다. 2021년 1월 23일 지름 1미터의 시계는 바늘이 5시 46분에 멈춰 있었다. 지진의 순간을 박제해 놓은 것 같았다. 그 옆으로 우산을 쓴 사람들이 묵묵히 지나다녔다. 겨울비가 시계를 촉촉이 적시며 내렸다.

멈춘 시계를

가만히 다독이네

겨울비

止まった時計を叩く寒の雨

18. 아시야의 이쇼안

– 벼루에 고이는 햇살 –

다니자키 준이치로谷崎潤一郎(1886~1965)는 일본 유미주의 소설가다. 주요 작품은『세설細雪』,『치인의 사랑痴人の愛』등으로 문장이 섬세하고 아름답다.『세설』은 2차 대전 이전 오사카 센바船場에 사는 4자매의 생활을 통해 "붕괴 직전의 아름다움과 안타까움을 그려냈다"는 평이다. 2020년 12월 5일 그가 1936년부터 1943년까지 살며『세설』을 집필한 '이쇼안倚松庵'을 관람했다. 스미요시가와住吉川 강변 2층 목조 주택이 문학적 향취를 내뿜었다. 마당에 소나무, 동백, 벚나무 등이 심겨 있고, 누군가 2층에서 대발을 걷고 있었다. 소나무 그림자가 벽과 다다미방으로 길게 드리워졌다. 이쇼안은 '소나무에 기댄 집'이란 뜻이다.

맑은 겨울날

다다미방에 드러눕는

소나무 그림자

冬麗や和室に伏さる松の影

　2층으로 올라갔다. 햇살이 창을 넘고 좁은 복도를 건너 8죠 다다미방까지 스며들었다. 다니자키는 수필『음영예찬陰翳礼讃』에서 일본인의 예술적 감성을 논했다. 그는 건축, 종이, 노能와 가부키歌舞伎 의상 등 사례를 들며 옛날 일본인은 '음영shadow'을 이용하여 예술을 창조했으며, 그것이 일본적인 아름다움의 본질이고 미학이라고 주장했다. 1층 '요마洋間'의 조명이 빛을 일부 가리도록 설계되었다. 집필실로 보이는 4죠 다다미방의 낮은 서탁에 붓과 벼루가 놓여 있고, 길게 새어 들어온 햇살이 벼루에 고였다.

겨울 햇살

벼루에 고여 드는

작은 다다미방

<ruby>冬<rt>ふゆ</rt></ruby>の<ruby>日<rt>ひ</rt></ruby>の<ruby>硯<rt>すずり</rt></ruby>にたまる<ruby>四畳半<rt>よじょうはん</rt></ruby>

밖으로 나와 스미요시가와를 따라 걸었다. 상류 쪽 천변에 나목이 줄지어 있고 마른 풀로 덮인 하천에서 여자아이들이

천진난만하게 놀고 있었다. 도호東宝영화사의 1983년 개봉작 「세설」을 구해서 감상했다. 개성을 가진 4자매의 삶이 슬프고 아름답게 그려졌다. 장면마다 바뀌는 화려한 문양의 '기모노着物'가 일본적인 미를 한껏 보여주었다. 영화는 셋째 '유키코雪子'를 연모했던 둘째 형부가 바라보던 창밖 강물 위로 가루눈이 하염없이 스러지는 장면으로 끝맺는다.

겨울 하천

건너는 아이들

다리가 필요 없이

冬川を渡る子達は橋要らず

19. 다쓰우마혼케 구라비라키

- 새 술 내는 날 -

　일본의 대표 술은 쌀로 빚은 '니혼슈日本酒'다. 지역별로 다른 자연환경과 쌀이 니혼슈의 넓고 깊은 세계를 만든다. '나다고고灘五郷'는 사이고西郷, 미카게고御影郷, 우오자키고魚崎郷, 니시노미야고西宮郷, 이마즈고今津郷 등 5개 마을로 이루어진 술 생산지로 일본 내 생산량 1위다. 이곳의 술은 향미 좋은 쌀 '야마타니시키山田錦', 미네랄 풍부한 물 '미야미즈宮水', 산바람 '롯코오로시六甲颪', 술 제조 장인 '단바도지丹波杜氏' 덕분에 최고로 꼽힌다. 2020년 2월 15일 니시노미야고의 주조회사 '다쓰우마혼케辰馬本家'의 '구라비라키蔵開き'를 관람했다. 먼저 새 술통을 따는 '가가미비라키鏡開'가 진행되었다. 직원 6명이 나무망치로 술통을 내려치자 뚜껑이 갈라졌다. 술 향기가 퍼지고, 사람들이 몰려들었다.

새 술 내는 날

술 내음만 맡아도

취하는구나

蔵開き酒の匂いに酔ひにけり

　구라비라키는 애주가만이 아니라 남녀노소가 즐기는 축제
다. 신슈新酒 시음 외에도 마고모마키真菰巻き, 사케쓰쿠리우
타酒造り歌 등 여러 니혼슈 문화를 선보였다. '마고모마키'는
술통 제작 과정을 시연하는 공연이다. 사람들이 둘러앉아 장
인의 숙련된 손놀림을 따라가며 구경했다. 몇몇 구경꾼은 얼
굴이 벌겋게 상기되어 있었다. 다쓰우마혼케의 대표 브랜드는

'구로마쓰하쿠시카黑松白鹿'다. '검은 소나무黑松'와 '흰 사슴白
鹿'에서 상서로움이 느껴진다. 시음용 술을 받아 마셨다. 부드
러워 목 넘김이 좋았다. 오묘한 술기운이 온몸으로 퍼졌다. 안
주는 필요 없었다.

구경꾼 이미

얼굴이 벌겋구나

새 술통 깨기

見手はもうさかつらをする鏡割り

다음은 '사케쓰쿠리우타'였다. 다쓰우마혼케 직원 8명이 '한

텐袢纏'을 입고 술 만들 때 부르는 노래인 사케쓰쿠리우타를 불렀다. 이는 시계가 없던 시절의 '노동요'로, 작업의 지루함을 달래고 부르는 횟수로 시간을 재는 목적도 있었다. 사케구라 酒藏에서 노래를 들으며 쌀은 술이 되고 술은 달게 익어 갔으리라. 좋은 술에는 좋은 노래가 녹아들어 있는 셈. 그래서 술은 노래를 부르는 걸까?

20. 아카시의 우오노타나

− 풍어 깃발의 분홍빛 도미 −

아카시시明石市 '우오노타나魚の棚'는 풍요로운 수산물 시장이다. 시장은 1618년 아카시죠明石城 축성과 함께 지어졌다. 혼정本町 350미터 아케이드의 100여 개 점포에서 아카시 해협과 하리마나다에서 잡은 해산물을 판다. 대표 생선은 '아카시다이明石鯛'와 '아카시다코明石蛸'로 각각 불리는 도미와 문어다. 2020년 12월 6일 '세모대매출歲末大売り出し' 행사 날 동문은 도미가, 서문은 문어가 각각 간판을 장식하고 있었다. 아케이드 공중에 수많은 '풍어 깃발大漁旗'이 나부끼고 그 아래는 사람들로 북적였다. 깃발에 배 이름, 어선, 물고기 등 그림이 현란하고, 깃발의 물결 속에 분홍빛 도미가 헤엄쳤다.

분홍빛 도미

신나게 춤을 추는

12월 시장

薄紅の鯛舞ふ市の師走かな
うすべに　たいま　いち　しわす

    활어와 건어물 가게가 즐비했다. 스시, 우동, 다코야키 등을 파는 식당도 보였다. 특히 '아카시야키明石焼き' 가게가 많았다. 아카시야키는 달걀노른자를 듬뿍 섞은 박력분 반죽에 잘게 썬 문어를 넣고 구운 아카시 명물 먹거리다. 한 활어 가게 좌판에 도미, 방어, 삼치, 쏨뱅이 등 아카시 대표 생선이 한데 모여 있었다. 새벽에 잡아 온 싱싱한 방어가 좌판을 '탁-탁-'

쳐 대며 팔딱거렸다. 짠맛 나는 물방울이 얼굴까지 튕겨왔다. 생기 넘치는 어시장이었다.

겨울 방어

사방으로 물 튕기는

어시장 좌판

<ruby>寒<rt>かんぶり</rt></ruby><ruby>鰤<rt></rt></ruby>の<ruby>水<rt>みず</rt></ruby>を<ruby>飛<rt>と</rt></ruby>ばして<ruby>魚<rt>うお</rt></ruby>の<ruby>棚<rt>たな</rt></ruby>

한 건어물 가게 좌판을 살펴보았다. 전갱이, 가자미, 쥐치, 오징어 등이 촘촘히 진열되어 있었다. 가장 눈에 띈 것은 문어였다. 통째로 건조한 것, 간장 소스를 가미해서 말린 '다코미

407

린보시たこみりん干', 함께 넣어 밥을 짓는 '다코메시노스たこ
めしの素', 문어를 넣고 구운 과자 '다코센베이たこせんべい' 등
다양했다. 좌판 위쪽 처마에 문어가 다리 8개를 활짝 펼친 채
백열등의 스포트라이트를 받고 있었다. 물기는 전부 잃어 버
렸지만, 물속에서 화려하게 유영하던 자태 그대로였다.

말린 문어에

백열등 비추는

세모 어시장

干し蛸に白熱灯の歳暮かな

21. 아야베야마바이린

– 매화 속의 눈이 하얀 새 –

　다쓰노시龍野市 아야베야마綾部山에 서일본의 대표적인 '매화 숲'이 있다. 길이가 동서 145미터의 산비탈 24헥타르에 매화 2만 봉이 심겨 있다. 산비탈에서 하리마나다 바다와 단가시마男鹿島, 이에시마家島 등 섬들이 시원하게 내려다보인다. 2020년 2월 24일 '아야베야마바이린綾部山梅林'은 봄기운이 느껴졌다. '간바이觀梅' 또는 '탄바이探梅'로 불리는 매화 구경을 위해 사람들이 발길을 재촉했다. 연분홍색 작은 봉오리들이 햇살을 튕겨내며 반짝였다. 숲 그늘에서 사람들이 한가로이 꽃을 즐겼다. 일본 사람의 매화 사랑이 각별했다.

일찍 핀 매화

발길을 재촉하는

아야베야마

梅早し足を早める綾部山

꽃이 많은 가지에선 어김없이 '찌이-찌이-' 청아한 새소리
가 들려왔다. 한국에선 '동박새'로, 일본에선 '눈이 하얀' 뜻의
'메지로目白'로 불리는 새다. 새들이 이 나무 저 나무로 부산하
게 옮겨 다니며 꽃에 부리를 박고 꿀을 빨았다. 어떤 이들은
꽃보다 새 구경에 더 열중했다. 나도 살금살금 걸음을 옮기며
가지에 앉아 있는 새를 관찰했다. 꽃도 작고 새도 작았다. 이

름대로 눈이 하얀색이었다. 새가 앉았던 가지에선 신맛 나는
매실이 맺히리라.

백매화여

동박새 눈동자는

더욱 하얀 빛

白梅や目白の瞳さらに白

22. 아와지시마 수선화 고향

– 바다를 건너온 꽃 –

'수이센라인水仙ライン', '수선화의 길'은 미나미아와지시南
淡路市 가슈야하타賀集八幡에서 스모토시洲本市 시오야塩屋까
지 49킬로미터 이어진다. 2021년 1월 16일 수이센라인 해안
구간을 달렸다. 오른쪽으로 기이수이도 바다를 끼고 30분쯤

달리자, 수선화 군생지 '나다쿠로이와수이센쿄灘黑岩水仙鄕'가 나왔다. 유즈루하산諭鶴羽山 45도 경사면에 '니혼즈이센ニホンズイセン' 500만 봉이 자란다. 연노랑 꽃이 경사면 전면에 피어 있었다. 바닷바람에 순한 향이 은은하게 퍼지고, 매 한 마리가 구름 속에서 느리게 선회했다.

수선화 향기에

들떠서 높이 나는

구름 속의 매

<ruby>水仙<rt>すいせん</rt></ruby>の<ruby>香<rt>か</rt></ruby>に<ruby>高<rt>たか</rt></ruby>く<ruby>飛<rt>と</rt></ruby>ぶ<ruby>雲<rt>くも</rt></ruby>に<ruby>鷹<rt>たか</rt></ruby>

수선화는 그리스 신화에도 등장한다. 자기 자신을 사랑한 죄로 호수에 빠져 죽은 미소년, '나르시스Narcisse'의 시신이 있던 자리에서 피어난 꽃, '수선화'를 가까이서 살펴보았다. 긴 꽃자루와 가녀린 잎, 노란 컵cup, 아래 꽃잎 3장과 위 꽃잎 3장으로 이루어진 꽃은 우아한 자태를 지녔다. 꽃자루 끝에 매달린 채 살짝 고개 숙인 수선화는 왠지 모르게 우수에 잠겨 있었다. 겨울 햇살에 꽃잎 겹침이 투명하게 비쳤다. 바다는 호수처럼 잔잔했다.

수선화 꽃잎

겹침을 투과하는

엷은 햇살

<ruby>水仙<rt>すいせん</rt></ruby>の<ruby>重<rt>かさ</rt></ruby>ねを<ruby>透<rt>とお</rt></ruby>る<ruby>薄日<rt>うすび</rt></ruby>かな

수선화는 원래 호숫가에 산다. 그리스 신화에서도 윌리엄 워즈워드William Wordsworth의 시「수선화Daffodils」에서도 꽃의 배경은 호수다. 어떻게 바닷가 비탈에 피어 있는 걸까? 1820 년경 마을 주민이 바다를 떠다니다 해안에 표착한 구근球根을 주워다가 산비탈에 심은 게 시작이었다. 꽃은 살던 땅을 떠나 먼 바다를 건너와 새로운 땅에 뿌리내렸다. 꽃도 잎도 연약

하지만 놀라운 생명력이다. 언덕마루에 핀 꽃이 바다에 떠 있는 '누시마沼島'를 내려다보고 있었다. 누시마는 '고지키古事記(712년 편찬)'에 일본 '최초의 섬'으로 기록되어 있다.

수선화

건너온 바다 위에

누시마 섬

水仙の渡る海には沼島あり

23. 기노사키

– 설국일기① –

　〈국경의 긴 터널을 빠져나오자 설국이었다. 밤의 밑바닥이
하얘졌다.国境の長いトンネルを抜けると雪国であった. 夜の底が
白くなった.〉. 가와바타 야스나리川端康成(1899~1972)의 소설
『설국雪国』은 이렇게 시작된다. 소설의 무대는 니가타현新潟県
'유자와온센湯沢温泉'이다. 효고현 산인山陰 지역에도 이런 풍
경이 있을까? 2021년 1월 9일 폭설을 기대하며 하마사카浜坂
에서 기노사키城崎로 차를 달렸다. 터널 몇 개를 통과해서 '아
나미穴見 해안'을 지날 때쯤 눈이 내렸다. 눈과 파도가 장쾌한
겨울 바다를 연출했다. 수평선 위 검푸른 구름이 눈보라를 몰
아올 태세였다. 거친 파도가 근해에 흩어진 바위를 연신 때리
며 물보라를 일으켰다. 해안가 나무도 바다 쪽 면은 눈을 뒤집
어썼다.

물거품인가

눈보라인가

바위에 부딪는 것은

<ruby>泡沫<rt>ほうまつ</rt></ruby>か<ruby>吹雪<rt>ふぶき</rt></ruby>か<ruby>岩<rt>いわ</rt></ruby>に<ruby>当<rt>あた</rt></ruby>るもの

눈발 날리는 해안 도로를 느리게 달렸다. 하마사카 미가타 군美方郡을 지날 때 눈이 그쳤다. 파란 하늘이 나타났다. 논과 밭은 눈에 덮여 있었다. 눈에 햇빛이 반사되어 눈眼이 부셨다. 들판 한가운데 움막 하나가 외롭게 서 있었다. 바닥 눈의 고운 질감이 고스란히 느껴졌다. 새 발자국 하나 찍히지 않은 설원雪原으로 걸어 들어가려 하자, 내 발이 머뭇거렸다.

내 발걸음

왠지 머뭇거리네

눈 덮인 들판

我が足の何故かためらふ雪野かな

동쪽으로 계속 차를 몰았다. 창밖으로 하얀 산과 들판이 펼쳐졌다. 멀리 연산連山 아래 빨간색 열차가 '산인혼센山陰本線'을 달리고 있었다. 단 두 량의 객차는 구라요시에키倉吉駅에서 출발하여 기노사키온센에키城崎温泉駅를 향해 가는 것 같았다. 열차는 느리게 기어가다가 눈 속으로 사라졌다. 얼마 후 기노사키에 도착하여 온천 객을 풀어놓으리라.

설원의 열차

따스한 온천으로

가고 있으리

雪原の汽車はいで湯へ走りけり

　오후 4시경 기노사키에 도착했다. 마을은 눈 덮인 가로수, 처마의 고드름, 거리의 잔설, 눈사람 등 겨울 정취가 가득했다. 기노사키는 1,300년 역사의 온천이다. 오타니가와大谷川를 따라 오래된 목조 건물이 늘어서 있다. 이치노유一の湯, 고쇼노유御所の湯, 사토노유里の湯 등 탕 7개를 도는 '외탕外湯순례'가 전통이며, 유카타浴衣와 게타下駄 차림의 온천 객이 거

419

리를 거니는 풍경이 유명하다. 온천물에 몸을 녹인 사람들이 거리로 나와 산책을 즐겼다. 뒷산 너머 노을이 번지자 마을은 청아한 세계가 되었다. '또각―또각―' 잔설 사이를 걷는 나막신 소리가 경쾌하게 울렸다. 일본의 옛 문인들은 이런 기노사키 풍경을 사랑했다고 한다.

기노사키야

잔설 위에 울리는

나막신 소리

城崎や残雪に鳴る下駄の音

420

24. 도요오카

− 설국일기② −

1월 9일 어둑해질 무렵 기노사키에서 출발하여 '도요오카 豊岡'를 향해 달렸다. 늦은 밤 도착한 시내는 눈으로 덮여 있었다. '그린호텔'로 들어가 잠자리에 들었다. 새벽녘 밖은 온통 흰빛이었다. 8층 복도 창문을 통해 눈 내리는 아침을 바라보았다. 거센 눈발이 '도요오카성터豊岡城跡' 위로 떠오른 해를 가려 버렸다. 눈송이가 갈수록 굵고 촘촘해졌다. 눈은 길과 마을을 덮었다. 옥상과 지붕에 눈이 두껍게 쌓여 갔다. 눈 치우던 사람이 사라졌다. 눈은 이제 시야마저 가렸다. 흰색 이외의 모든 빛깔을 지워 버리려는 듯 퍼부었다. 낯선 도시의 잠에서 깨어나니 '설국'이었다.

세상의 지붕

하나가 되었어라

눈 내린 아침

世の屋根はひとつになりぬ雪の朝

　호텔 로비에서 눈이 그치기를 기다렸다. 오전 10시경 눈이 멈춰 도로 통제가 풀린 후 길을 나섰다. 도시 외곽을 달리다가 마루야마오오바시丸山大橋에서 차를 세우고 '마루야마가와丸山川'를 내려다보았다. 이 강은 아사고시朝来市 마루야마丸山에서 발원하여 도요오카시를 거쳐 동해까지 68킬로미터를 흘러간다. 산, 들판과 마을은 눈에 덮여 있고, 파란 하늘에 솜털

구름이 흩어졌다. 얼어붙은 풍경 속에 1급수 강물이 멈춘 듯 흐르고, 오리 떼가 수면에 떠서 잠을 자고 있었다.

눈 그치고 맑음

흐르는 강물 위에

잠자는 오리

雪晴れや川の流れに浮寝鳥

'눈의 나라'를 뒤로하고 남쪽으로 달렸다. 아사고의 고지대를 통과하자 흰빛이 점점 옅어졌다. 산이 초록빛을 띠기 시작하고, 들판과 마을은 군데군데 흙빛이 드러났다. '산요山陽' 지역은 눈이 더 적게 내리고 빠르게 녹는다. 주고쿠산치中国山地를 경계로 나뉘는 '산인'과 '산요'의 자연적 차이를 눈으로 확인할 수 있었다.

산요 접어드니

서서히 옅어지네

눈의 흰빛

山陽や徐々に薄れる雪の白

25. 고토우라정의 해변

– 우는 돌에 소원을 말하네 –

돗토리현鳥取縣 고토우라정琴浦町에 '우는 돌의 해변鳴り石
の浜'이 있다. 2020년 2월 17일 해변에 눈보라가 쳤다. 격랑이
눈송이와 뒤섞이며 까만 몽돌 깔린 해안으로 몰아쳤다. 파도
소리 간간이 '가라코로-가라코로-', 몽돌이 밀어를 속삭였다.

파도가 밀려올 때 돌들이 서로 떨어졌다가 빠져나갈 때 다시 맞닿으며 내는 소리다. 이 지역 사람은 돌의 소리를 들으며 소원을 빈다. 나도 눈을 맞으며 우는 돌에 귀를 기울였다.

우는 돌에게

소원을 말하네

눈보라 속에서

鳴り石に願いを申す雪嵐

해변 서쪽 1킬로미터 떨어진 곳에 '하나미가타보치花見潟墓地'가 있다. 이는 나라奈良 시대부터 조성되기 시작하여 현재 무덤 2만여 기가 있는 해변 공동묘지다. 하필이면 왜 바닷가에 무덤을 지었을까? 언덕에서 내려다본 묘지는 장엄했다. 파도가 해안으로 맹렬하게 달려오고, 묘석들이 일제히 바다를 향해 서서 묵묵히 눈을 맞았다. 한쪽은 생동의, 다른 쪽은 침묵의 세계. 삶과 죽음의 경계에 서 있는 느낌이었다. 라틴어 경구 '메멘토 모리memento mori'가 떠올랐다. 파도가 끊임없이 밀려오며 '죽음을 기억하라!'라고 외쳤다.

파도가 외치네

죽음을 기억하라고

눈 덮인 묘지

濤声や死を覚えよと雪の墓

　동쪽으로 차를 1시간여 달려 하마무라浜村 '료후안旅風庵'에
도착했다. 100년이 넘는 료칸 간판에 '가이가라부시노사토貝
穀節の里' 문구가 보였다. 이는 하마무라 앞바다에서 '이타야가
이イタヤ貝' 조개를 잡을 때 부르던 노동요다. 조개는 수십 년
전에 멸종되고 노래만 전해져 온다. 주인 부부가 저녁에 지역
명물 '마쓰바가니松葉カニ' 게 요리를 대접하고, 샤미센 반주에

맞춰 '가이가라부시'를 불러 주었다. 〈무슨 인과로 조개잡이 배웠지, 몸은 그을고 야위어가네/ 하마무라 바다에서 조개들이 날 부른다, 아내야 밥 지어라 난 가야지/ 돌아가는 뱃길엔 노 젓기도 빠르다, 그리운 처자식이 기다리기에〉. 질박한 가락이 가슴에 스며들었다.

마쓰바가니

발라먹으며 듣네

조개의 노래

松葉ガに解して聴くや貝の節

노래의 여운 때문인지 그날 밤 뒤척이다가 새벽 4시 잠이 깨서 노천탕으로 갔다. 혼자 온천욕을 하는데 물이 미지근하고 깜깜한 하늘에서 작고 차가운 것이 연신 얼굴에 와 닿았다. 눈雪이었다. 눈송이들이 온천물로 떨어져 내렸다. 미명의 고요를 뚫고 '퍼−억' 하는 소리가 들려왔다. 처마에 쌓인 눈이 바닥으로 떨어지는 소리였다. 눈은 '서−억' 하며 마당 나뭇가지에도 떨어졌다. 눈 소리에 여명이 밝아 오고 있었다.

객지의 아침

처마에서 떨어지는

눈 소리

旅の朝軒端より散る雪の音

벚나무의 사계 : 후도자카 언덕

고베 '후도자카不動坂'는 폭이 좁고 오를수록 가팔라진다. 이 언덕길은 평소 인적이 적고 조용하다. 길 중간쯤 롯코소六甲莊호텔 지나 바로 왼쪽에 기타노맨션北野マンション이 있고, 그 마당에 수령 50년쯤 된 '왕벚나무' 한 그루가 서 있다. 나무는 내가 살던 기타노레지던스北野レジデンス와 가깝고 나와 연배가 비슷해 애착이 갔다. 나무는 높이와 너비가 각각 8미터가량으로 기품을 지녔다. 자주 들러 나무를 살폈다. 나무는 계절이 어떻게 오고 깊어지는지, 또 어떻게 떠나가는지를 드라마틱하게 보여 주었다. 나무는 사방으로 뻗은 가지의 윤곽으로, 꽃과 잎과 열매가 펼치는 빛깔과 동작으로 '사계四季'의 서사를 자상하게 들려주었다.

고베는 3월 중순부터 봄기운이 돌았다. 나무에 꽃이 피기 시작했다. 처음엔 한 송이씩 느리게 피다가, 어느 순간 가지 사이를 채우며 수북해졌다. 3월 24일 만개했다. 가지가 휘어질 정도였다. 아기 참새子雀가 꿀을 빠느라 분주했다. 가지를 옮길 때마다 꽃잎이 우르르 떨어졌다. 왕벚나무는 일본어로 '소메이요시노染井吉野'인데, '소메루染'는 '물들이다'는 뜻. 참새 얼굴도 분홍으로 물들었으리라. 꽃그늘 아래에선 앳된 소녀들이 깔깔대며 놀았다. 4월 초순 꽃이 지고 연초록 잎이 돋

앉다. 꽃과 잎이 반반씩 되었다가 점차 잎이 더 많아졌다. 잎은 눈부시고 빠르게 자랐다. 5월에 들어서면서 나무는 달걀 모양 잎사귀로 뒤덮였다. 잎은 따서 먹고 싶을 만큼 싱그러웠다. 실제로 일본에는 소금에 절인 벚나무 잎에 떡을 싼 '사쿠라모치桜餅'란 음식이 있다.

아기 참새

주둥이 물들이며

벚꽃이 지네

子雀の 嘴 染めて桜散る

소녀들의

재잘대는 소리여

꽃그늘 아래

<ruby>小娘<rt>こむすめ</rt></ruby>の<ruby>囀<rt>さえず</rt></ruby>る<ruby>声<rt>こえ</rt></ruby>や<ruby>花<rt>はな</rt></ruby>の<ruby>陰<rt>かげ</rt></ruby>

나무 전체가 초록으로 뒤덮일 무렵 고베의 여름이 왔다. 나무가 땅속 수분을 가지 끝으로 밀어 올렸다. 가지는 조금씩 길어지고 도톰해졌다. 6월 하순 흑갈색 수피 주름에 연둣빛이 비쳤다. 몸통에 귀를 대면 물소리가 들렸다. 나무가 기지개를 켜고 몸집을 부풀렸다. 잎맥은 선명하고 팽팽했다. 풍성한 가지가 담장을 덮고 길 쪽으로 뻗어 나왔다. 좁은 언덕길에 품 넓은 그늘이 드리워졌다. 가끔 짧은 옷차림의 사람들이 나무에서 잠깐씩 쉬어갔다. 한여름으로 들어가는 7월 어느 날 가지 군데군데 작은 열매가 맺혔다. 벚나무 열매 '버찌'는 일본어로 '사쿠란보桜ん坊'다. 버찌는 처음 노랑으로 시작해서 붉게 변했다가 완전히 익으면 검붉어진다. 8월 버찌가 하나둘 땅으로 떨어졌다. 하나 주워서 맛을 보니 쓰고 떫었다. 개량종인 왕벚나무는 열매가 작고 쓰다.

무성한 벚나무

그늘 품 넓어지는

후도 언덕길

葉桜や蔭の広がる不動坂

맛은 쓰지만

하여튼 열매 맺었네

왕벚나무

苦くてもとにかく実る桜の木

435

고베의 가을은 벚나무 잎이 물들며 시작되었다. 벚나무는 단풍나무maple보다 먼저 물드는데, 후도자카의 나무는 9월 볕이 잘 드는 쪽부터 들었다. 10월 초부터 초록, 노랑과 빨강이 뒤섞인 잎이 늘어났다. 창가 쪽 잎은 여전히 초록이었다. 11월이 되자 붉은 잎이 훨씬 많아졌다. 빛깔의 변화는 시각적 재미를 주었다. 봄 '하나미花見'는 꽃의 색을 즐기는데, 가을엔 잎의 색 변화를 감상한다. '잎의 미학'은 색의 변주에 있다. 꽃이 피고 지는데 2~3주이나, 잎은 돋아나서 물들고 지는 데 반년이다. 그 과정도 느리고 더디다. 물든 잎은 '사쿠라모미지桜紅葉'라고 한다. 11월 중순 잎이 지기 시작했다. 나무 아래에서 빛깔을 구경하다 눈을 감았다. 언덕길은 적막했다. 잎이 땅에 떨어지며 '톡'하고 미세한 단음單音을 냈다. 이 소리도 좋았다.

낙엽은 바람에 뒹굴거나 이리저리 쓸려 다니며 한동안 길에
머물렀다.

창가 쪽 아직

빨강보다 푸른빛

벗나무 단풍

窓際は赤より青し桜紅葉

정말 좋구나

움직임도 소리도

낙엽 질 무렵

うれしさや動きも音も落葉時

나무에 잎이 반쯤 남았을 즈음 고베는 겨울이 되었다. 12월
부터 잎이 눈에 띄게 줄었다. 줄기가 검어지고 가지는 앙상해
졌다. 1월이 되자 나무에 몇 개의 잎만 남았다. 가지 사이 여
백이 넉넉해졌다. 텅 빈 나무는 언덕길 풍경을 깊게 해 주었
다. 좁던 길이 넓어지고 먼 하늘이 가까워졌다. 찬 바람이 빈

가지를 흔들며 지나갔다. 겨울새가 가지에 내려앉기도 했다. 담장 안쪽 베란다와 창가에서 빨래 건조대, 화분 등 소소한 살림이 엿보였다. 이따금 두툼한 옷차림의 사람들이 나무 옆을 묵묵히 지나갔다. 2월 중순 나무는 나목裸木이 되었다. 어느 추운 날 구름이 몰려와 잠시 '가루눈小米雪'을 뿌렸다. 눈송이는 보일락 말락 가지 사이를 날다가 사라졌다. 셀 수 있을 정도로 조금이었다. 구름이 흘러가고 파란 하늘이 다시 나타났다. 후도자카는 맑고 투명했다.

가지 사이여

셀 수 있을 만큼

가루눈 날리네

枝の間や数えるほどの小米雪

 2월 말 빈 가지마다 갈색 작은 싹이 돋았다. 엄지와 검지로 잡아 보니 굳게 잠긴 자물통처럼 단단했다. 유심히 보니 값진 것을 꽁꽁 싸맨 비단 주머니 같았다. 3월 '사쿠라마지桜まじ'라 불리는 따스한 바람이 불어오면, 싹은 겹겹의 봉인을 풀고 최초의 꽃잎을 열 것이다. 저마다 환한 '봄春'을 내밀게 되리라.

438

벚나무 새싹

각자 저마다의

봄을 품었네

桜木の芽やおのおのの春を抱く

에필로그

2018년 가을부터 2021년 초겨울까지 기꺼이 쏘다녔다. 수천의 길을 달리고 수백의 마을을 훑었다. 가는 곳마다 온갖 꽃이 피고 뭇 새가 노래했다. 계절별로 다른 빛깔의 바람이 불고 다른 냄새의 비가 내렸다. 지명으로 상상을 불러일으키던 동네, 깊은 곳으로 이끌던 산길, 혼자 보기 아깝던 풍광의 바닷가⋯⋯. 그러나 한 도시를 온전히 이해했다고 할 수 없다. 아직 가지 못한 곳과 듣지 못한 이야기가 훨씬 많기에.

탐방 때 사진 욕심은 현지 분들 일상에 폐를 끼치기도 했다. 글로 양해를 구한다. 일본어 초보가 하이쿠를 시도했다. 실린 구句들은 습작에 불과하다. 풍경의 묘사나 감상 정도로 읽히길 바랄 뿐. 책의 첫 발상은 마쓰오 바쇼의 여행기 3권. 감히 바쇼 '흉내 내기'가 되었는지 모르겠다. 무례에 용서를 빈다. TV 방송으로 하이쿠에 흥미를 갖게 해준 나쓰이 이쓰키夏井いつき 선생께도 감사를 전하고 싶다.

고베에서 네 번의 가을을 보내며 정情이 들었다. 풍경이란 변하는 것이나, '고베다운神戸らしい' 풍경들이 계속 남아 있기를 바란다. 새 마음이 태어난 곳도 고향. 고베는 나에게 또 하나의 '고향'이 되었다. 지금쯤 기타노 언덕에는 은목서 향기 은은하고, 벚나무가 곱게 물들었으리라.

가을이 네 번

기타노엔 지금도

나의 영혼이

秋四度北野に今も我の魂

2023년 11월

이슬라마바드에서

참고 자료

서적(한국)

- 마쓰오 바쇼, 김정례 옮김, 『바쇼의 하이쿠 기행1, 오쿠로 가는 작은 길』, 바다출판사, 2008.
- 마쓰오 바쇼, 김정례 옮김, 『바쇼의 하이쿠 기행2, 산도화 흩날리는 삿갓은 누구인가』, 바다출판사, 2008.
- 마쓰오 바쇼, 김정례 옮김, 『바쇼의 하이쿠 기행3, 보이는 것 모두가 꽃이요』, 바다출판사, 2008.
- 마쓰오 바쇼, 류시화 옮김, 『바쇼 하이쿠 선집』, 열림원, 2015.
- 바쇼·잇사·부손 외, 류시화 엮음, 『백만 광년의 고독 속에서 한 줄의 시를 읽다』, 연금술사, 2021.

서적(일본)

- 萩原恭男, 『芭蕉おくのほそ道』, 岩波書店, 2004.
- 川西 英, 画集『神戸百景』, 株式会社シーズ・プランニング, 2008.
- 『合本俳句歳時記』第五版, 角川書店, 2019.
- 夏井いつき, 『世界一わかりやすい俳句の授業』, 株式会社PHP研究所, 2019.
- 陳舜臣, 『神戸ものがたり』, 神戸新聞総合出版センター, 2017.

- 久元喜造, 『神戸残影』, 神戸新聞総合出版センター, 2019.
- 久元喜造, 『神戸未来景』, 神戸新聞総合出版センター, 2021.
- 『神戸』写真集, ㈱博報堂, 1992.
- 『新五國風土記』, 神戸新聞社・編, 神戸新聞総合出版センター, 2019.
- 『ひゅうごの景観ビューポイント150選』, 兵庫県県土整備部, 2020.
- 山崎整, 『幕末維新の兵庫・神戸』, 神戸新聞総合出版センター, 2018.
- 『NHK俳句名句鑑賞アルバム』, NHK出版, 2021.

사이트 및 언론

- 고베시청 : https://www.city.kobe.lg.jp
- 효고현청 : https://web.pref.hyogo.lg.jp
- 위키피디아(일본) : https://ja.wikipedia.org
- 고베신문(일간지)

하이쿠와 사진으로 감상하는 백경

고베의 명랑

초판 1쇄 인쇄일 2023년 11월 22일
초판 1쇄 발행일 2023년 11월 30일

지은이 박기준
펴낸이 양옥매
디자인 표지혜
마케팅 송용호
교　정 김민정

펴낸곳 도서출판 책과나무
출판등록 제2012-000376
주소 서울특별시 마포구 방울내로 79 이노빌딩 302호
대표전화 02.372.1537　**팩스** 02.372.1538
이메일 booknamu2007@naver.com
홈페이지 www.booknamu.com
ISBN 979-11-6752-377-8 (03830)